DESHONRA SICILIANA
Penny Jordan

HARLEQUIN™

Editado por Harlequin Ibérica.
Una división de HarperCollins Ibérica, S.A.
Núñez de Balboa, 56
28001 Madrid

© 2012 Penny Jordan
© 2018 Harlequin Ibérica, una división de HarperCollins Ibérica, S.A.
Deshonra siciliana, n.º 2656 - 17.10.18
Título original: A Secret Disgrace
Publicada originalmente por Harlequin Enterprises, Ltd.
Este título fue publicado originalmente en español en 2012

I.S.B.N.: 978-84-9188-980-9
Depósito legal: M-27643-2018
Impresión en CPI (Barcelona)
Fecha impresion para Argentina: 15.4.19
Distribuidor exclusivo para España: LOGISTA
Distribuidor para México: Distibuidora Intermex, S.A. de C.V.
Distribuidores para Argentina: Interior, DGP, S.A. Alvarado 2118.
Cap. Fed./Buenos Aires y Gran Buenos Aires, VACCARO HNOS.

Capítulo 1

TUS ABUELOS querían que sus cenizas fueran enterradas aquí, en el cementerio de la iglesia de Santa María, ¿no? –el desapasionado tono de voz masculina expresaba tan poco como el rostro en sombras.

La estructura ósea de su rostro estaba delineada con pinceladas de rayos de sol que podrían haber salido de la mano maestra de Leonardo, ya que revelaban la naturaleza exacta de la herencia cultural de aquel hombre. Los pómulos altos, la firme línea de la mandíbula, el tono aceitunado de la piel, la forma aquilina y orgullosa de la nariz... todo ello hablaba de una mezcla de genes procedente de los invasores que habían codiciado Sicilia. Sus antepasados no habían permitido que nada se interpusiera en el camino de sus deseos. Y ahora tenía la atención centrada en ella.

Se dio cuenta de que quería distanciarse instintivamente de él, ocultarse a sus ojos. No pudo evitar dar un paso atrás y estuvo a punto de torcerse un tobillo cuando la parte de atrás de su bonito zapato de cuña tropezó contra el borde oculto de una lápida.

–Ten cuidado.

Él se movió tan deprisa que se quedó petrificada como un conejo atrapado en el rápido y mortal descenso del halcón del que procedía el apellido de su familia. Unos dedos largos y bronceados le sujetaron con firmeza la muñeca y tiró de ella hacia sí. El calor con olor a menta de su respiración le quemó el rostro cuando se inclinó para regañarla. A ella le resultó imposible moverse. Y también hablar o siquiera pensar. Lo único que podía hacer era sentir, sufrir bajo la marea de emociones que habían hecho erupción en su interior. Aquello era una auténtica tortura. ¿Tortura o tormento? Su cuerpo se convulsionó en una poderosa oleada de desprecio hacia sí misma. Tortura. No había tormento en los brazos de aquel hombre, no había tentación. Solo indiferencia.

—Suéltame —su susurro sonó más como el sollozo de una víctima impotente que como la orden de una mujer moderna e independiente.

Olía a rosas inglesas y a lavanda y parecía el arquetipo de mujer inglesa. Incluso hablaba como una de ellas, hasta que la tocó. Entonces le mostró la salvaje pasión siciliana y la intensidad que formaba parte de su herencia.

Le había dicho que la soltara. Caesar frunció los labios para conjurar las imágenes que sus palabras habían liberado en su memoria. Imágenes y recuerdos tan dolorosos que huyó automáticamente de ellos. Demasiado dolor, demasiado daño, demasiada culpa.

¿Qué iba a hacer ahora? ¿No serviría aquello para acrecentar su animadversión contra él? Porque no tenía elección. Porque tenía que pensar en el bien mayor. Porque tenía que pensar, como siempre había hecho, en su gente y en su deber hacia su familia y su apellido.

La cruda realidad era que ninguno de ellos tendría auténtica libertad. Y todo era culpa suya. Solo suya.

El corazón empezó a latirle con fuerza. En sus cálculos no había entrado la posibilidad de que fuera a sentirse tan afectado por ella, por su encanto y su sensualidad. Como el famoso volcán de Sicilia, era todo fuego cubierto de hielo en el pico. Y él era mucho más vulnerable a aquello de lo que esperaba. ¿Por qué? No es que no tuviera bellas mujeres de sobra dispuestas a compartir su cama, algo que por cierto hacía antes de verse obligado a reconocer que el supuesto placer de aquellos encuentros le dejaba un vacío que deseaba llenar con algo más profundo. Solo que entonces no tenía nada que ofrecerle a la clase de mujer con la que hubiera podido construir una relación de aquel tipo.

Así que se convirtió en un hombre que no podía amar a su manera. Un hombre cuyo deber era seguir los pasos de sus antecesores. Un hombre del que dependía el futuro de los suyos.

Ese era el deber que le habían inculcado desde niño. Incluso cuando era un huérfano de seis años que lloraba por sus padres le habían dicho lo importante que era recordar su posición y su deber. Habían enviado incluso a una delegación para hablar con él, para recordarle lo que significaba ponerse en la piel de su fallecido padre. Para los de fuera, las costumbres y las creencias de su gente podrían ser consideradas demasiado duras o incluso crueles. Estaba haciendo todo lo posible para cambiar las cosas, pero solo podía hacerse lentamente, sobre todo porque el jefe del consejo del pueblo estaba completamente en contra de las nuevas ideas.

En cualquier caso, Caesar ya no era un niño de seis años y estaba decidido a hacer cambios.

Cambios. Su imaginación voló durante unos instantes. ¿Podrían transformarse realmente las cosas fundamentales? ¿Se podrían corregir los antiguos errores? ¿Podría haber una forma de...?

Se sacudió aquellos sueños y volvió a centrarse en el presente.

–No has contestado a mi pregunta sobre tus abuelos –le recordó a Louise.

Por muy poco que le gustara su aristocrático tono, Louise se sintió aliviada al ver algo parecido a la normalidad entre ellos y respondió con sequedad:
–Sí.

Lo único que quería era que terminara aquel interrogatorio. Iba contra todas sus creencias tener que postrarse prácticamente ante aquel arrogante y aristocrático duque siciliano de aire peligrosamente oscuro y rasgos demasiado bellos solo porque siglos atrás su familia poseía la tierra en la que se había construido aquella pequeña iglesia. Pero así eran las cosas en aquella remota y casi feudal parte de Sicilia.

Él era el dueño de la iglesia, del pueblo y de Dios sabía cuántos acres de tierra siciliana. También era el *patronne*, lo que en la cultura siciliana significaba el «padre» de la gente que vivía allí aunque fueran personas de la generación de sus abuelos. Como el título y la tierra, era un papel que había heredado. Louise lo sabía, había crecido escuchando las historias de sus abuelos sobre la dureza de sus vidas cuando eran niños. Se habían visto obligados a trabajar en la tierra que pertenecía a la familia del hombre que ahora estaba delante de ella en la sombría quietud del viejo cementerio.

Louise se estremeció al mirar hacia las montañas situadas más allá del cielo azul, donde el volcán Etna rumiaba furioso bajo el ardiente sol. Volvió a mirar hacia el cielo furtivamente. Nunca le habían gustado las tormentas, y aquellas montañas eran famosas por hacerlas surgir de la nada. Tormentas salvajes y peligrosas capaces de desatar el peligro con furiosa crueldad. Como el hombre que ahora la estaba mirando.

No era como esperaba que fuera, reconoció Caesar. Aquel cabello rubio trigueño no era siciliano, ni tampoco los ojos verdes como el mar. Pero se comportaba con el orgullo de una mujer italiana. Era de tamaño mediano, huesos finos y cuerpo esbelto. Tal vez incluso demasiado, pensó observando la estrechez de la muñeca de tono ligeramente bronceado. La forma ovalada de su rostro con los pómulos altos era de una belleza clásica y femenina. Una mujer hermosa, de las que harían girar la cabeza de los hombres allí donde fuera. Pero Caesar tenía la sospecha de que su aire de fría serenidad era más trabajado que natural.

¿Y los sentimientos que estaba experimentando ahora que la tenía allí delante? ¿Contaba con ellos? Caesar se dio la vuelta para que no pudiera ver su expresión. ¿Tenía miedo de que lo pudiera revelar? Después de todo se trataba de una profesional experimentada, una mujer cuya formación demostraba que era capaz de indagar en la mente de una persona y encontrar todo lo que podía tener oculto. Y le daba miedo lo que pudiera descubrir en él.

Tenía miedo de que fuera capaz de retirar el tejido cicatrizante que había dejado crecer sobre la culpabilidad y el dolor, el orgullo y su sentido del deber. ¿Sentía algo más que culpa? ¿Había vergüenza también? No necesitaba hacerse aquella pregunta, ya que había llevado aquellas dos cargas gemelas durante más de una década. Las había llevado y seguiría llevándolas. Había intentado arreglar las cosas: una carta a la que nunca había recibido respuesta, una disculpa proferida, una esperanza expresada, palabras escritas que en su momento le habían parecido como sangre que se hubiera extraído del corazón. Una carta sin contestación. No había perdón ni vuelta atrás. Y después de todo, ¿qué otra cosa esperaba? Lo que había hecho no merecía piedad.

La culpa era una carga que arrastraría durante toda su vida. Era su castigo personal, le pertenecía solo a él. No podía cambiar las cosas ni nada de lo que hiciera podría compensar sus actos. Así que no, estar allí con ella no había aumentado su sentimiento de culpa. Ya lo tenía situado en el nivel máximo. Pero había afilado el borde hasta llegar a un extremo que le hacía sentir una puñalada de dolor físico cada vez que respiraba.

Cualquiera que la mirara pensaría, dada la sencillez de su vestido azul y del chal blanco que le cubría los hombros, que se trataba de una mujer educada de clase media que estaba de vacaciones en Sicilia.

Se llamaba Louise Anderson y su madre era la hija de la pareja siciliana cuyas cenizas había ido a enterrar en aquel tranquilo cementerio. Su padre era australiano aunque de origen siciliano.

Caesar se movió y el gesto le hizo ser consciente de la carta que había colocado en el bolsillo interior de la chaqueta.

Louise sintió cómo la tensión crecía en ella como si fuera un resorte manipulado por el hombre que la estaba observando. En la familia Falconari había una vena de crueldad hacia aquellos que consideraban más débiles que ellos. Formaba parte de su historia, tanto de la oral como de la escrita. Pero no tenía motivos para ser cruel con sus abuelos. Ni con ella.

Le había sorprendido que el sacerdote al que escribió contándole los deseos de sus abuelos le hubiera contestado diciéndole que necesitaba el permiso del duque.

Una mera formalidad, según dijo. Así que concertó para ella el necesario encuentro.

Louise hubiera preferido encontrarse con él en el bullicioso anonimato del hotel en lugar de en aquel lugar antiguo y tranquilo tan lleno de los recuerdos silenciosos de los que allí yacían.

Pero la palabra del duque era la ley. Aquella certeza bastó para que aumentara la distancia entre ellos y diera otro paso atrás, comprobando en esta ocasión que no hubiera ningún obstáculo detrás de ella. Pensaba que de ese modo lograría disminuir el poderoso campo de fuerza de su personalidad. Y de su sensualidad.

Sintió un escalofrío. No estaba preparada para aquello. No contaba con ser tan consciente de su sensualidad. De hecho lo era más que de...

Pisó con fuerza el freno de sus acelerados y peligrosos pensamientos y se alegró de escuchar el sonido de su voz exigiéndole concentración.

–Tus abuelos dejaron Sicilia y se fueron a Londres poco después de casarse y allí construyeron su vida. ¿Y sin embargo decidieron que sus cenizas fueran enterradas aquí?

Qué típico que un hombre de su clase, un cacique poderoso y arrogante, se cuestionara los deseos de sus abuelos. Como si todavía fueran sus siervos y él su dueño. Su sangre, profundamente independiente, bulló con despreció hacia él al pensarlo.

–Se marcharon porque aquí no había trabajo para ellos. Ni siquiera pudieron trabajar a cambio de comida en las tierras de tu familia, como habían hecho sus padres y los padres de sus padres antes que ellos. Querían que sus cenizas fueran enterradas aquí porque para ellos Sicilia seguía siendo su hogar.

Caesar percibió el tono acusatorio y despectivo en su voz.

–Me resulta extraño que te hayan confiado a ti, que eres su nieta, la tarea de cumplir con su deseo en lugar de encargársela a su hija.

Fue consciente una vez más de la presión de la carta que llevaba en el bolsillo. Y de la presión de su propia culpabilidad. Le había ofrecido una disculpa. El pasado debía seguir siendo pasado. No había vuelta atrás. Y no podía permitirse ser indulgente consigo mismo porque había demasiado en juego.

–Mi madre vive en Palm Springs con su segundo marido desde hace muchos años, y yo siempre he vivido en Londres.

–¿Con tus abuelos?

Aunque era una pregunta, hizo que sonara como una afirmación.

¿Acaso esperaba provocar en ella una demostración de hostilidad que pudiera utilizar en su contra para negarle lo que le pedía? Si ese era su objetivo, no le daría aquella satisfacción. Se le daba muy bien ocultar sus sentimientos. Después de todo tenía mucha experiencia. Eso era lo que sucedía cuando alguien quedaba señalado como la persona que había provocado tanta vergüenza a la familia que incluso sus propios padres le habían dado la espalda. El estigma de la vergüenza la marcaría para siempre, negándole el derecho al orgullo o a la intimidad.

–Sí –confirmó–. Fui a vivir con ellos tras el divorcio de mis padres.

–Pero no inmediatamente después, ¿verdad?

La pregunta la atravesó como una descarga eléctrica que le afectó las terminaciones nerviosas que ya deberían estar sanadas. Pero no iba a permitir que él se diera cuenta.

–No –reconoció, aunque no fue capaz de mirarle al responder.

Miró hacia el cementerio, que en cierto modo era como un símbolo del cementerio de los anhelos y las esperanzas a los que el divorcio de sus padres había puesto fin.

—Al principio viviste con tu padre. ¿No es poco habitual que una joven de dieciocho años prefiera vivir con su padre en lugar de con su madre?

Louise no se preguntó por qué sabía tantas cosas sobre ella. El párroco del pueblo le había pedido la historia de su familia cuando le escribió sobre el asunto de las cenizas de sus abuelos. Conociendo las costumbres de aquella cerrada comunidad siciliana, sospechaba que también habrían hecho averiguaciones a través de sus contactos en Londres.

La idea provocó que la ansiedad cobrara vida en el interior de su estómago. Si no podía cumplir el último deseo de sus abuelos porque aquel hombre le negara el permiso debido a su...

Louise inclinó la cabeza automáticamente. Su cabello dorado captó los rayos de sol que atravesaban la verde oscuridad de los cipreses del cementerio.

Había sido un shock inesperado, no estaba preparada para verle a él en lugar de al párroco, como pensaba que ocurriría. Con cada mirada, con cada silencio que se hacía antes de una pregunta, Louise se preparaba para recibir el golpe que sabía que le iba a atestar.

El deseo de darse la vuelta y salir corriendo era tan poderoso que temblaba por dentro al tratar de controlarlo. Huir sería tan inútil como tratar de esquivar el flujo mortal de un volcán. Solo conseguiría unos minutos de tiempo para imaginar el horror de su destino. Era mejor quedarse donde estaba, enfrentarse a ello y al menos conservar la dignidad intacta.

Sin embargo no pudo evitar apretar sus dientes perfectos y blancos para no dar rienda suelta a sus auténticos sentimientos. No era asunto suyo que su madre y ella nunca hubieran estado muy unidas. Su madre siempre estaba más preocupada por su aventura de turno o por alguna fiesta que por tener una conversación con su hija. De hecho había estado más ausente que presente a lo largo de su vida. Cuando le anunció que iba a mudarse a Palm Springs para iniciar una nueva vida, Louise sintió poco más que un ligero alivio. Su padre, por supuesto, era algo completamente distinto. Su constante presencia servía para recordarle sus fallos.

Transcurrió un instante antes de que pudiera decirle con frialdad:

—Cuando mis padres se divorciaron yo estaba en mi último año de colegio, así que me pareció lógico irme a vivir con mi padre. Había alquilado un apartamento en Londres porque la casa familiar se había puesto a la venta y mi madre tenía pensado irse a vivir a Palm Springs.

Las preguntas de aquel hombre resultaban demasiado inquisitivas para su gusto, pero sabía que ponerse en contra de él resultaría contraproducente y quería evitarlo a toda costa.

Lo único que quería sacar en claro de este encuentro era el consentimiento de aquel cacique arrogante y odioso para poder enterrar las cenizas de sus abuelos donde era su deseo. Cuando lo hubiera hecho podría liberar sus propios sentimientos. Podría dejar por fin el pasado atrás y vivir su propia vida sabiendo que había cumplido el encargo más sagrado que le habían hecho jamás.

Louise tragó saliva para pasar el gusto amargo que tenía en la boca. Qué lejos quedaba aquella joven de dieciocho años que se dejaba llevar por las emociones y que había pagado un precio tan alto por ello. Todavía odiaba pensar siquiera en aquellos tormentosos años en los que fue testigo del desmoronamiento del matrimonio de sus padres. La ruptura la convirtió a ella en una parcela no deseada entre las dos casas de sus padres. No era bienvenida en ninguna de ellas, y menos para la nueva novia de su padre. Como consecuencia de ello y según sus padres y sus nuevas parejas, les había avergonzado de tal manera que ya no era bien recibida en las nuevas vidas que se estaban construyendo.

Al mirar atrás no le sorprendía que sus padres la hubieran considerado una niña difícil. ¿Sería porque el trabajo de su padre le había convertido en una figura ausente y ella había tratado desesperadamente de ganarse su amor? ¿O sabía de un modo instintivo que su padre siempre había lamentado amargamente su concepción y el consiguiente matrimonio con su madre?

Era un estudiante brillante de Cambridge con un futuro prometedor por delante. Lo último que deseaba era verse obligado a casarse con la joven a la que había dejado embarazada. Pero la presión de la comunidad siciliana de Londres le había llevado a casarse con la guapa estudiante que le había visto como un escape a las rígidas normas de una sociedad chapada a la antigua.

Louise no se consideraba siciliana, pero tal vez tuviera suficiente sangre italiana como para haber sentido siempre la falta de amor y también la humillación pública que suponía que su padre no la quisiera. Los hombres italianos solían ser protectores con sus hijos y se mostraban orgullosos de ellos. Su padre no quería que naciera. Se había interpuesto en sus planes de vida. Primero fue una niña llorona y pegajosa y luego una adolescente rebelde, lo que molestaba y enfurecía a su padre. Sus intentos por atraer su atención habían caído en saco roto.

Pero Louise se había aferrado con decisión al mundo ficticio que se había creado. Un mundo en el que era la niña adorada de su padre. Presumía de su relación en el exclusivo colegio para señoritas al que su madre había insistido en enviarla con las hijas de hombres ricos, famosos o con título, agarrándose con fuerza al prestigio que daba tener un padre tan guapo y destacado. Era el presentador de una serie de divulgación académica muy popular, y sus compañeras la habían aceptado solo gracias a él.

Aquel ambiente superficial y competitivo había sacado lo peor de ella. Louise aprendió desde pequeña que conseguiría más atención portándose mal que portándose bien, así que en el colegio cultivó deliberadamente la imagen de chica mala.

Pero al menos su padre estaba en su vida. Hasta que Melinda Lorrimar, su asistente australiana, lo apartó de ella. Melinda tenía veintisiete años y Louise dieciocho cuando se hizo pública su relación, y tal vez fuera natural que compitieran por la atención de su padre.

Qué celosa estaba de Melinda, una glamurosa divorciada australiana que dejó claro desde el principio que no quería tenerla cerca. Sus dos hijas pequeñas se habían adueñado rápidamente de su dormitorio del apartamento de su padre. Tan desesperada estaba por ganarse el amor de su padre que incluso había llegado al extremo de teñirse el pelo de negro porque Melinda y sus hijas lo tenían así. Pelo negro, demasiado maquillaje y ropa muy ceñida, todo en un intento de encontrar la manera de ser la hija que creía que su padre quería, de encontrar la receta mágica para convertirse en una hija a la que pudiera amar. Su padre quería y admiraba a su glamurosa asistente, así que Louise pensó que, si ella también era glamurosa y los hombres se fijaban en ella, entonces su padre estaría orgulloso de ella como lo estaba de Melinda. Cuando aquella idea fracasó se propuso escandalizarle. Cualquier cosa era mejor que la indiferencia.

Sexualmente era muy ingenua. Toda su intensidad emocional estaba volcada en conseguir el amor de su padre. Por supuesto, creía que algún día conocería a alguien y se enamoraría, pero cuando llegara ese momento ella ya sería la hija querida de su padre, alguien que podría llevar la cabeza bien alta.

Aquella era la fantasía que había tenido en la cabeza sin darse cuenta de lo peligroso y dañino que era, porque ni a su padre ni a su madre les importaba lo suficiente como para decírselo. Para ellos no era más que el recordatorio de un error del pasado que les había forzado a un matrimonio que ninguno de los dos deseaba realmente.

—Pero cuando empezaste la carrera vivías con tus abuelos, no con tu padre.

El sonido de la voz de Caesar Falconari la devolvió al presente.

Un peligroso e inesperado escalofrío la atravesó. Aquel hombre convivía con su sexualidad con la naturalidad con la que llevaba la ropa cara. Ninguna mujer a la que tuviera al lado podría evitar preguntarse...

Louise no daba crédito. ¿Qué demonios le estaba pasando? Ella no era así. El sudor le perlaba la frente y sentía el cuerpo caliente y sensible bajo la ropa. Aquello no estaba bien... no era justo.

Su cuerpo se quedó paralizado como la calma que tenía lugar antes de la tormenta. No debía permitirle que fuera consciente de lo peligroso que podía ser para ella, del efecto que provocaba. Disfrutaría humillándola. Pero se recordó que ya no era aquella joven inmadura emocionalmente de dieciocho años.

—Como seguramente sabes, dados tus conocimientos sobre la historia de mi familia, mi mal comportamiento con la nueva pareja de mi padre y debido al impacto que ella creía que podría causar en sus hijas, él me pidió que me marchara.

—Te echó.

La respuesta de Caesar fue una afirmación, no una pregunta. Y sintió otro doloroso giro de cuchillo en la culpa con la que cargaba.

Teniendo en cuenta que durante la última década se había dedicado a mejorar la vida de su gente, cuando supo el cruel comportamiento que tuvieron hacia Louise las personas que debían quererla y protegerla sintió más pesada todavía la carga de la culpabilidad. Nunca había sido su intención hacerle daño. Y ahora, al saber lo que había hecho, entendía que nunca le hubiera respondido a la carta que le envió en la que reconocía su culpabilidad y le suplicaba que le perdonara. Iba contra todas las normas que un padre siciliano abandonara a un hijo, pero al mismo tiempo, el mal comportamiento de uno de los miembros de la familia provocaba una mancha en el apellido que pasaría de generación en generación.

Louise sentía que le ardía la cara. ¿Se debía a la culpa o al profundo sentido de la injusticia? ¿Importaba? Lo cierto era que no. El asesoramiento psicológico que había estudiado como parte de su preparación para convertirse en una reputada consejera en terapia de familias fracturadas le había enseñado la importancia de reconocer los propios errores, asumirlos y seguir adelante.

—Melinda y mi padre querían empezar una nueva vida en Australia. Le parecía lógico vender el apartamento de Londres. Técnicamente yo ya era adulta porque tenía dieciocho años e iba a ir a la universidad. Pero sí, lo cierto es que me echó.

Así que se había quedado sola y abandonada mientras él estaba al otro lado del mundo aprendiendo todo lo posible sobre cómo mejorar la vida de las personas más pobres del planeta como modo de expiar su culpa y encontrar una nueva manera de vivir que beneficiara a los suyos. Pero no tenía sentido contarle nada de aquello a Louise. Estaba claro que sentía una gran antipatía por él.

–¿Fue entonces cuando te fuiste a vivir con tus abuelos? –continuó.

Después de todo, resultaba más fácil mantenerse en las formalidades y los hechos probados que adentrarse en el inestable y peligroso territorio de los sentimientos.

Louise sintió que la tensión aumentaba dentro de ella. ¿No le había hecho ya bastante daño sacando a relucir el horror del pasado? Ni siquiera ahora se atrevía a pensar en lo asustada que había estado, o en lo sola y abandonada que se había sentido. Pero sus abuelos la habían salvado. La habían rescatado con el amor que habían mostrado por ella. Entendió por primera vez en su vida la importancia de darle a un niño amor y seguridad. En ese momento toda su vida cambió. Fue entonces cuando se prometió que algún día les devolvería a sus abuelos el amor que le habían dado.

–Sí.

–Fue un gesto muy valiente por su parte, teniendo en cuenta...

–¿Teniendo en cuenta lo que hice? Sí, lo fue. Hubo mucha gente de su comunidad dispuesta a criticarles y condenarles del mismo modo que ya me habían condenado a mí. Había llevado la vergüenza a mis abuelos y por asociación podía llevar también la vergüenza a su comunidad. Pero tú ya estás al tanto de eso, ¿verdad? Tú sabes que me comporté de forma vergonzosa y que no solo me humillé a mí misma, sino también a mis abuelos y a todas los que tenían relación con ellos. Sabes que mi apellido se convirtió en sinónimo de vergüenza en nuestra comunidad y cómo sufrieron mis abuelos por ello. Sufrieron pero se mantuvieron a mi lado. Y también sabes por qué estoy aquí ahora, soportando esta nueva humillación.

Caesar quería decir algo, decirle cuánto lo sentía, recordarle que había tratado de disculparse... pero al mismo tiempo sabía que tenía que mantenerse firme. Allí había mucho más en juego que los sentimientos de ambos. Tanto si les gustaba como si no, ambos formaban parte de un proyecto mayor. Sus vidas estaban entretejidas en la tela de la sociedad en la que habían nacido. Y ninguno de los dos podía ignorarlo.

—Quieres cumplir con la promesa que les hiciste a tus abuelos de enterrar aquí sus cenizas.

—Es lo que siempre habían querido, y por supuesto se hizo más importante para ellos después de... después de la vergüenza que les causé. Que sus cenizas sean enterradas aquí es la única manera de volver a ser plenamente aceptados por la comunidad. De tener el derecho a descansar en la iglesia donde fueron bautizados, confirmados y donde se casaron. Haré cualquier cosa para conseguirlo, incluso suplicar.

Caesar no esperaba su sinceridad. Contaba con el rechazo y la hostilidad, pero la sinceridad le pilló con la guardia bajada. Allí estaba aquella joven atrapada en un sistema de valores que castigaba el comportamiento moderno que contravenía las normas antiguas.

Podía sentir el peso de la carta en el bolsillo.

Louise estaba empezando a perder el control. Eso no podía ocurrir. Lo único que importaba era la deuda de amor que tenía contraída con sus abuelos. Y nadie iba a poner en peligro aquello, y mucho menos aquel arrogante cacique siciliano cuya presencia provocaba en su cuerpo una reacción instintiva de desprecio. Después de todo lo que había pasado, ¿qué más daba un poco más de humillación?

Estaba prácticamente ida por el impacto, la vergüenza y la ira cuando sus abuelos la recibieron. No era capaz de pensar, y mucho menos de cuidar de sí misma.

Se había arrastrado hasta la cama sin fijarse apenas en la habitación que le habían preparado en la bonita casa de Notting Hill. Tras muchos años trabajando para los demás, su restaurante por fin había logrado que fueran económicamente independientes y habían podido comprar con orgullo aquella casa.

Louise solo quería esconderse del mundo. Incluida ella misma.

La casa de sus abuelos fue su refugio. Ellos le dieron lo que le negaron sus padres. La recibieron con amor mientras los demás la rechazaban avergonzados. Vergüenza. Una palabra terrible para los orgullosos sicilianos. La cicatriz que cubría su vergüenza latió de forma dolorosa. Habría hecho cualquier cosa para evitar estar allí, pero se lo debía a sus abuelos. Cuando pensó en las posibilidades de la penitencia que le exigirían para lavar la mancha de deshonor de su familia nunca imaginó que se vería obligada a responder de sus pecados delante de aquel hombre. Pensaba que él estaría tan en contra de reunirse con ella como ella misma. Pero estaba claro que había subestimado su arrogancia.

–Como sabes, yo no soy el único responsable de la decisión que se tome respecto a tu petición. Los ancianos del pueblo...

–Harán lo que tú les digas. Eres tú quien tiene la autoridad para garantizar el cumplimiento del deseo de mis abuelos. Negarles el lugar que han escogido para su descanso eterno sería cruel e injusto. Castigarles por...

–Así funciona nuestra sociedad. Toda la familia sufre cuando uno de sus miembros cae en desgracia. Ya lo sabes.

–¿Y tú crees que eso es justo? –preguntó Louise con rabia, incapaz de contenerse–. Por supuesto que lo crees –añadió con tono ácido.

–En esta parte de Sicilia la gente vive su vida siguiendo las normas y las costumbres de hace siglos. Por supuesto que veo muchos fallos en esas normas. Y por supuesto que quiero ser el motor de cambios que ayuden a mi gente, pero esos cambios solo pueden hacerse de forma lenta para no provocar desconfianza e infelicidad entre las generaciones.

Louise sabía que lo que estaba diciendo era cierto aunque no quisiera admitirlo. Pero ella estaba allí para cumplir el deseo de sus abuelos.

—Mis abuelos hicieron mucho por la comunidad. Al principio mandaban dinero a casa para sus padres y sus hermanos. Contrataron a la gente del pueblo que emigró a Londres. Les acogieron en su casa y les cuidaron. Donaron generosas cantidades de dinero a esta iglesia. Tienen derecho a que se les reconozca todo lo que hicieron y se les respete.

Caesar tuvo que admitir que era una apasionada defensora de sus abuelos. Una discreta alarma en el móvil le recordó que tenía una cita en breve. No esperaba que aquella entrevista durara tanto, y todavía tenía cosas que decir y preguntas que hacer.

—Tengo que irme, pero todavía hay cosas de las que debemos hablar —le dijo—. Estaremos en contacto.

Se dio la vuelta para marcharse dejando claro que tenía intención de mantenerla en vilo. Un acto cruel por parte de un hombre que se había alimentado de crueldad y orgullo desde la cuna. Estaba a solo un par de metros de distancia cuando se dio la vuelta. El sol que se filtraba a través de los cipreses se reflejó sobre los afilados y duros huesos de su rostro. La embriagadora mezcla de romano y árabe quedaba claramente reflejada en sus facciones.

—¿Has traído a tu hijo a Sicilia contigo? —le preguntó.

Capítulo 2

SERÍA aquello lo que se sentía cuando el cielo se desplomaba sobre tu cabeza? Aunque lo cierto era que tendría que haber estado preparada para la pregunta.

—Sí —respondió con sequedad.

No tenía nada que temer. Después de todo no era ningún secreto que era madre soltera de un niño de nueve años.

—Pero no está aquí contigo. ¿Eso te parece bien? Solo tiene nueve años. Una madre responsable...

—Como madre responsable he pensado que mi hijo estaría más contento y a salvo en una clase de tenis en el hotel mientras nosotros manteníamos este encuentro. Mi hijo Oliver estaba muy unido a su bisabuelo. Le echa de menos. Traerle hoy aquí no le hubiera ayudado en nada.

Eso si le hubiera logrado convencer para venir. Louise temblaba por dentro de rabia, pero no iba a mostrarlo. Lo cierto era que durante el último año y medio su relación con Oliver estaba atravesando un momento difícil. Su hijo la culpaba abiertamente de no tener un padre. Aquello le estaba causando problemas en el colegio, se peleaba con otros niños que sí tenían padre. Una dolorosa grieta se hacía cada vez más grande entre ella y el hijo al que tanto quería.

Habría hecho cualquier cosa para proteger a Oliver del dolor que estaba atravesando. Cualquier cosa. Le encantaba su trabajo y estaba orgullosa de lo que había conseguido, por supuesto que sí. Pero sabía que sin la responsabilidad de cuidar de su hijo probablemente no se habría obligado a sí misma a volver a estudiar, a obtener buenas notas y empezar a subir la escalera profesional. Oliver era la razón por la que estudiaba y trabajaba hasta altas horas de la noche para poder asegurarle un futuro económico. Pero lo que Oliver decía ahora que deseaba más que nada en el mundo era lo único que ella no podía darle. Un padre.

Cuando su abuelo vivía había podido ejercer una influencia masculina estable y amorosa en la vida de Oliver, pero incluso entonces su hijo había empezado a separarse de ella y a mostrarse furioso porque no le daba información sobre su padre.

Era un niño inteligente e iba bien en el colegio. A su abuelo le preocupaba mucho el efecto que la falta de información sobre su padre iba a tener sobre Oliver, pero sabía tan bien como ella que no podía contarle la verdad. Y no estaba dispuesta a mentirle con una versión edulcorada.

Louise quería a su hijo. Haría cualquier cosa por verle feliz. Pero no podía hablarle de su padre, al menos por el momento, hasta que fuera lo suficientemente mayor para entenderlo, al menos en parte. Y para perdonar su comportamiento. Tal vez sus transgresiones le hubieran privado de un padre, pero el amor de sus abuelos, que la habían apoyado cuando se negó a poner fin al embarazo como exigían sus padres, le había dado la vida.

—Todavía tenemos cosas de las que hablar. Me reuniré contigo mañana a las once en la cafetería de tu hotel.

No le preguntó si le parecía bien la hora o si prefería encontrarse con él en otro sitio. Pero ¿qué otra cosa esperaba? La arrogancia era la carta de presentación de aquel hombre, unida a la crueldad y el orgullo.

Louise vio desde el cementerio el brillo pulido del capó de la limusina que se lo llevó de allí. Los cristales tintados impedían cualquier posible imagen del ocupante. Ella no quería verle ni tener nada que ver con él, pero no tenía elección.

Desde el camino que atravesaba los jardines del hotel y pasaba al lado de las pistas de tenis, Caesar tenía una buena vista del niño que acababa de llegar con el monitor y el resto de sus compañeros de grupo para empezar una clase de tenis con uno de los profesores del hotel.

El hijo de Louise Anderson. Era alto y fuerte para su edad, y no había heredado los tonos claros de su madre. Tenía la piel aceitunada y el pelo oscuro, algo lógico dada su sangre siciliana. Era un buen jugador, se concentraba mucho y tenía un fuerte revés.

Caesar consultó el reloj y aceleró el paso. Se había desviado un poco de la ruta hacia la cafetería del hotel para poder pasar por las pistas de tenis, pero no quería llegar tarde a la cita con Louise. Como siempre que pensaba en ella, volvió a sentir el peso de la culpa y los remordimientos.

Louise miró la hora. Las once en punto. Su hijo se había llevado una agradable sorpresa cuando le sugirió que diera otra clase de tenis. Aquellas clases eran un extra aparte del presupuesto de las vacaciones, y le había advertido antes de salir de viaje que no había mucho dinero para aquellas actividades. Sintió una punzada de culpabilidad en la conciencia. Ahora mismo tendría que estar pasando tiempo con Oliver y tratar de encontrar la manera de solucionar las cosas entre ellos. ¿Acaso no sería ese el consejo que les daría a otros padres en sus circunstancias? El problema estaba en que educar a un hijo era más fácil cuando se compartía en pareja y con el respaldo de una familia. Y Oliver y ella solo se tenían el uno al otro.

Louise cerró un instante los ojos mientras permanecía sentada en una de las banquetas de la cafetería del hotel. Echaba mucho de menos a sus abuelos, pero sobre todo a su abuelo. Y, si ella echaba de menos su cariño y sus consejos, no quería ni imaginar lo que sería para Oliver.

Estaban muy unidos, y ahora su hijo no tenía una influencia masculina que le guiara en la vida. Cuando volvió a abrir los ojos vio a Caesar Falconari dirigiéndose hacia ella. Iba vestido de manera más informal que el día anterior, pero seguía teniendo un aspecto muy italiano con la chaqueta de lino en tono beis, camiseta negra y pantalones de algodón en tono claro. Solo un italiano podía llevar un atuendo así con tan sensual elegancia. No era de extrañar que todas las mujeres giraran la cabeza para mirarle. Pero a ella no le parecía atractivo. En absoluto.

«Mentirosa, mentirosa», la reprendió una voz interior. Pero tenía que concentrarse en el momento.

En cuanto Caesar tomó asiento a su lado apareció una camarera como por arte de magia. Louise llevaba diez minutos allí sentada y nadie se le había acercado. Caesar pidió un expreso y ella, un café con leche.

—He visto que tu hijo está dando otra clase de tenis esta mañana.

—¿Cómo lo sabes? —no tenía ningún motivo real para alarmarse. Ninguno en absoluto. Pero no pudo evitarlo.

—Pasaba por las pistas de tenis cuando llegaron los monitores con los niños.

—Bueno, espero poder ir a verle jugar si hacemos lo más corta posible esta reunión.

No tenía nada de malo hacerle saber que quería acabar cuanto antes con aquel asunto. Tal vez fuera el señor de aquella parte de Sicilia, pero ella no iba a inclinarse ante él.

La camarera les llevó los cafés y sirvió el de Caesar
Falconari con tanta deferencia que Louise creyó que iba
a hacerle una reverencia al terminar.

–En relación a eso, hay otro tema del que necesito
hablar contigo aparte del asunto de las cenizas de tus
abuelos.

¿Otro tema? Louise estaba a apunto de darle un
sorbo al café pero volvió a dejarlo sobre la mesa. El corazón empezó a latirle con fuerza y todas las alarmas de
su cuerpo sonaron a la vez.

–Verás, justo antes de tu llegada a Sicilia y tras el fa-
llecimiento de tu abuelo, recibí una carta de su abogado
que tu abuelo había escrito con instrucciones de que me
fuera enviada a su muerte.

–¿Mi abuelo te escribió?

A Louise se le secó la boca y contuvo el aliento.

–Sí. Al parecer tenía ciertas preocupaciones respecto
al futuro de su bisnieto. Creí que no debía cargarte a ti
con ellas así que pensó que era necesario escribirme.

Louise hizo un esfuerzo para evitar jadear y hacer
algún gesto que la traicionara. Era cierto que a su abuelo
le preocupaba el creciente resentimiento de Oliver hacia
ella. Incluso le advirtió de que había muchas familias
en la comunidad que creían conocer la historia de su
desgracia y que no pasaría mucho tiempo antes de que
algún niño le contara a Oliver aquella versión de los hechos. Los niños podían ser muy crueles, y Louise sabía
que Oliver ya se sentía distinto de sus compañeros por
no tener padre. Pero su abuelo sabía que ella tenía las
manos atadas.

Para Louise supuso un shock saber que a pesar de

todo lo que habían hablado y a pesar de que creía que su abuelo entendía y aceptaba su decisión, había sido víctima de siglos de tradición y en sus últimas semanas de vida había vuelto al modo de vida siciliano que a ella tanto le molestaba. A pesar de lo mucho que le quería y de todo lo que le debía, tras escuchar las palabras de Falconari le resultó imposible no sentirse enfadada.

–No tenía derecho a hacer algo así aunque pensara que lo hacía por el bien de Oliver –afirmó con sequedad–. Sabía lo que yo pensaba sobre esa costumbre de contarle al *patronne* de la comunidad los problemas. Lo encuentro absolutamente arcaico.

–¡Ya basta! Tu abuelo no me escribió como a su *patronne*. Me escribió porque asegura que soy el padre de Oliver.

El dolor fue inmediato e intenso, como si alguien le hubiera arrancado la piel abriendo las compuertas del pasado con toda su vergüenza y su humillación. Volvía a tener dieciocho años y se sentía confusa y avergonzada, invadida por unos sentimientos que habían surgido de la nada para cambiar el curso de su vida para siempre marcándola en público como una mujer caída en desgracia.

Todavía podía ver la cara de su padre, su expresión de ira mezclada con rechazo mientras Melinda le dirigía una sonrisa triunfal y acercaba a sus hijas tomando la mano de su padre para formar un grupo cerrado que la excluía. Su abuelo palideció y a su abuela le temblaron las manos en el regazo. Todos los que estaban en el café de la plaza escucharon la horrible denuncia que el jefe del pueblo de sus abuelos hizo, etiquetándola como una joven que había avergonzado a su familia con lo que había hecho.

Ella se giró automáticamente hacia Caesar Falconari en busca de apoyo, pero él se apartó, se levantó del asiento y se marchó dejándola indefensa y sintiéndose rechazada. Igual que con su padre.

¿No había recibido ya suficiente castigo por su vulnerabilidad y su locura sin tener que añadir aquel horror?

Louise se estremeció sin poder evitar aquella traicionera reacción ante los recuerdos del pasado. Todavía seguía sintiendo el dolor de su rechazo. Pero se dijo que aquello era imposible. Tenía que serlo. Su cuerpo solo estaba reaccionando al recuerdo del dolor que una vez le infligió, nada más. Tenía que centrarse en el presente, no en el pasado.

Oliver era su hijo, solo de ella. No tenía nada que ver con Caesar, y si lograba su objetivo, nunca sería de otro modo. Aunque Caesar fuera su padre.

Caesar se fijó en el sentimiento que ella estaba tratando de disimular. Hubiera preferido que Louise dijera que su abuelo estaba en lo cierto y no tener que ver que estaba en estado de shock, enfadada y asustada. No era la actitud de una mujer que quería reclamar que él era el padre de su hijo.

Louise se estremeció por dentro. ¿Cómo podía haberle hecho su abuelo algo así? ¿Cómo podía haberla traicionado de aquel modo? Louise sentía impacto, dolor, miedo y furia a la vez. Y al mismo tiempo una parte de ella entendía sus motivos.

Recordaba con total claridad aquella noche. Angustiada por la insistencia de sus padres para que pusiera fin al embarazo, lloró en brazos de su abuela sintiéndose asustada y abandonada. Finalmente les había contado a sus abuelos lo que antes había mantenido en secreto: que lejos de haber un número potencialmente alto de jóvenes que podrían ser el padre de su hijo, como había sugerido el jefe del pueblo, solo cabía una posibilidad. Y ese hombre no era otro que Caesar Falconari, dueño y señor de la tierra en la que habían nacido sus abuelos.

Ellos le prometieron que nunca traicionarían su secreto, aunque también debieron de pensar, igual que la propia Louise, que nadie la habría creído. Y menos cuando el propio Caesar... pero no. No iba a ir por ahí. Ni ahora ni nunca. La amargura del pasado estaba mejor enterrada bajo la piel nueva que había crecido sobre las viejas heridas. Y además, ahora tenía que pensar en Oliver.

Alzó la cabeza y se enfrentó a Caesar.

–Lo único que necesitas saber sobre Oliver es que es hijo mío y solo mío.

Caesar tuvo que admitir que tenía miedo de que sucediera algo así. Apretó los labios, buscó en el bolsillo de la chaqueta y sacó el sobre que contenía la carta de su abuelo. La extrajo y la puso encima de la mesa. Al hacerlo, las fotografías que su abuelo había incluido con la carta cayeron encima.

Louise las vio y contuvo el aliento. Qué diferente estaba en las fotos que se tomaron aquel verano. Todos habían ido a Sicilia en unas vacaciones familiares encaminadas supuestamente a establecer una nueva dinámica familiar tras el divorcio de sus padres. Había sido idea de Melinda que sus hijas y ella viajaran con Louise y su padre a visitar la tierra de sus abuelos mientras la madre de Louise pasaba el verano con su nueva pareja en Palm Springs.

Louise tuvo claro desde el principio que la idea de Melinda al sugerir aquellas vacaciones había sido reafirmar lo poco importante que era ella para su padre en comparación con Melinda y sus hijas. Eso había quedado clarísimo desde el principio, y Louise reaccionó tal y como Melinda había esperado que hiciera: haciendo todo lo posible por llamar la atención de su padre del único modo que sabía. Portándose tan mal que se veía obligado a fijarse en ella.

Al verse en la fotografía no tuvo más remedio que estremecerse. Recordó que había intentado imitar e incluso superar lo que ella percibía ingenuamente como sexy en Melinda. Así que había copiado la suavidad del cabello oscuro de Melinda con una masa teñida de negro pegada a la cabeza con un producto. Los vestidos cortos y blancos de Melinda se habían convertido en ella en modelos negros y demasiado ajustados que llevaba con zapatos de tacón en lugar de con las sandalias bajas y estilosas de Melinda. Además se pintaba los ojos con lápiz negro alrededor y llevaba demasiado maquillaje.

La foto mostraba la imagen de una joven de dieciocho años que parecía demasiado fácil, pero Louise sintió una punzada de dolor en el corazón porque podía ver la vulnerabilidad que se escondía tras aquella manifiesta sexualidad.

Cualquiera con un poco de experiencia podría verlo. Un padre amoroso sin duda lo habría visto.

Louise volvió a mirar la fotografía. Durante aquellas vacaciones había llevado ropa deliberadamente provocativa, así que no era de extrañar que todos los chicos del pueblo buscaran sexo fácil en ella y rondaran la villa que habían alquilado. Tenía un aspecto facilón y barato, y así era como la habían tratado. Por supuesto sus abuelos trataron de sugerirle que se pusiera algo más discreto, y por supuesto ella les ignoró.

Qué idiota había sido.

—Menudo cambio —comentó Caesar con ironía al verla mirar la foto que su abuelo había incluido en la carta para refrescarle la memoria sobre la joven que al parecer se había quedado embarazada de él—. Nunca te hubiera reconocido.

–Tenía dieciocho años y buscaba...

–Atención masculina. Sí, lo recuerdo.

Louise sintió cómo le ardía la cara.

–Buscaba llamar la atención de mi padre –le corrigió con voz seca.

¿Era el modo en que le estaba mirando o la fuerza de sus propios recuerdos lo que se le clavaba? Entonces él tenía veintidós años, acababa de tomar el control de su herencia y se había liberado de los consejeros que le habían guiado anteriormente. Era muy consciente de que su gente le juzgaba por su habilidad para ser el duque que ellos querían, alguien capaz de preservar sus tradiciones y su modo de vida. Caesar buscaba al mismo tiempo un modo de lograr discretamente la modernización frente a la hostilidad que provocaba en los mayores cualquier tipo de cambio. En particular en el jefe del pueblo más grande, en el que veraneaba Louise. Aquel jefe, Aldo Barado, había buscado el apoyo de los jefes de los demás pueblos, lo que llevó a Caesar a pensar que tenía que tener mucho cuidado e incluso hacer concesiones para conseguir sus objetivos.

El tiempo y la creciente insistencia de los miembros más jóvenes de la comunidad para la modernización habían ayudado en muchos de los planes de Caesar. Pero Aldo Barado seguía sin estar convencido e insistía en los métodos antiguos.

Los puntos de vista modernos de Louise y su determinación de ser ella misma habían provocado que Aldo Barado se pusiera al instante en contra de ella. A los dos días de su llegada subió al *castello* para protestar por el efecto que estaba causando entre los jóvenes, sobre todo en su propio hijo, que a pesar de estar prometido para casarse en un matrimonio concertado por su padre, había perseguido abiertamente a Louise.

Caesar no tuvo más remedio que escuchar al jefe,

quien le exigió que hiciera algo al respecto. Esa fue la única razón por la que bajó al pueblo y se presentó a la familia, para poder observar su comportamiento y hablar con su padre si era necesario.

Pero en cuanto puso los ojos en Louise, su intención de permanecer distante y frío se fue al garete. Entendió al instante por qué los jóvenes del pueblo la encontraban tan atractiva. Ni siquiera el atroz peinado ni aquella ropa habían logrado ensombrecer la luz de su extraordinaria belleza natural. Aquellos ojos, aquella piel, la sensual boca que tanto prometía...

A Caesar le sorprendió la fuerza de su respuesta hacia ella. Desde el día que le anunciaron la muerte de sus padres a los seis años de edad había desarrollado estrategias emocionales para protegerse de la soledad. Le habían dicho que tenía que ser fuerte. Debía recordar siempre que era un Falconari y que su destino y su deber eran guiar a los suyos. Tenía que anteponer sus intereses a todos. Sus propios sentimientos no importaban y debía controlarlos. Era duque antes que ser humano.

Tras la visita de Aldo Barado para quejarse de Louise había tratado de comportarse como sabía que debía. Incluso buscó a su padre para expresarle la preocupación del jefe. Pero tras recibir la carta del abuelo de Louise supo que había escuchado a Aldo Barado, al padre de Louise y a su futura esposa, pero no había hecho ningún amago de escuchar a la propia Louise. No había mirado bajo la superficie. No había visto lo que tenía que haber visto.

Volvió a mirar la foto. En aquel momento estaba tan atrapado por el miedo a los sentimientos que había despertado en él que no había visto lo que ahora veía con claridad: la infelicidad en los ojos de la chica de la foto. No había querido verla. La culpabilidad alentó su ira ahora.

—¿Y esperabas conseguir la atención de tu padre acostándote conmigo? —le preguntó con sarcasmo.

Tenía razón. Por supuesto que tenía razón. Su actitud había alejado a su padre, no les había unido. Alentado por las protestas tanto de Aldo Barado como de Melinda, su padre, que nunca había sido capaz de lidiar emocionalmente con ella, le dio la espalda y se unió al coro de críticas.

Qué ingenua había sido al esperar que Caesar se materializara a su lado como su salvador, su héroe, y les dijera a todos que la amaba y que no iba a permitir que nadie volviera a hacerle daño. La ausencia de Caesar le había dicho todo lo que necesitaba saber respecto a sus sentimientos hacia ella, o más bien la falta de ellos, antes incluso de que el jefe le dijera a su padre que estaba actuando en nombre de Caesar.

Ahora, al mirar atrás con la madurez y la experiencia que había adquirido, veía con claridad que lo que había tomado por un amor compartido cuando Caesar dejó de controlarse y los llevó a ambos a la cima del placer había sido en realidad una brecha en sus defensas. Caesar se vio atrapado por un deseo que no quería sentir hacia ella. A Louise, aquellos preciosos instantes entre sus brazos tras sus momentos de intimidad la habían hecho sentir felicidad y esperanza por su futuro en común. Sin embargo, Caesar había sentido la necesidad de negar que lo que habían compartido tuviera algún significado para él.

Tal vez Caesar quisiera engañarse a sí mismo respecto a sus propios motivos, pero ella no iba a mentirle sobre los suyos. Alzó la cabeza, se recompuso y le contó la cruel verdad.

—Bueno, yo desde luego no me fui a la cama contigo para que el jefe del pueblo de mis abuelos me humillara públicamente mientras tú te quedabas con tu arrogancia en tu *castello*. Mi padre estaba furioso conmigo por ser tan estúpida como para pensar que un hombre como tú buscara en mí algo más que alivio físico. Dijo que había llevado la vergüenza a la familia. La noticia se extendió rápidamente por el pueblo, y aunque no llegaron a lapidarme físicamente fui sujeto de todo tipo de críticas y miradas de desprecio. Todo por haber sido tan estúpida como para creer que te quería y que tú me querías a mí.

Se detuvo para tomar aire, satisfecha de haber abierto la compuerta que mantenía su dolor encerrado.

–No es que ahora lamente que me rechazaras. De hecho creo que me hiciste un favor. Después de todo, me habrías dejado tarde o temprano, ¿verdad? Una chica como yo, cuyos abuelos eran prácticamente los siervos de tu familia, nunca hubiera sido lo bastante buena para el duque. Eso fue lo que Aldo Barado les dijo a mis abuelos cuando hizo el trabajo sucio por ti y exigió que nos fuéramos.

–Louise... –sentía la garganta seca por el peso de las emociones.

Pero igual que en el pasado, no podía dejarse llevar por esas emociones. Había demasiado en juego. No podía darle la espalda a tantos siglos de tradición. Podría disculparse y tratar de explicarse. Pero ¿de qué serviría? En su carta, el abuelo de Louise le advertía sobre el desprecio que la joven sentía no solo hacia él, sino hacia todo lo que representaba. A sus ojos eran enemigos, y Caesar sabía que lo que iba a decirle aumentaría su hostilidad hacia él.

El abuelo de Louise le decía en la carta que la intimidad que había compartido con Louise había traído como resultado el nacimiento de un niño. A Caesar le parecía imposible porque había tomado precauciones. Pero si el niño era suyo...

El fuerte latido de su corazón estaba revelando demasiado más de lo que podía revelar incluso a sí mismo.

Louise pensó que tal vez no fuera capaz de defender la actitud de su abuelo al contarle a Caesar Falconari que Oliver era su hijo, pero sí podía defender su propio pasado.

—Cuando los niños crecen en un ambiente en el que el mal comportamiento se recompensa con atención y el bueno se ignora, tienden a portarse mal. Lo único que les importa es el resultado que buscan —le informó.

¿Y el amor de Caesar? ¿También lo había buscado? Entonces era demasiado joven e inmadura para saber lo que era de verdad el amor.

Caesar reconoció a la profesional en aquella frase.

—Y por supuesto, hablas por experiencia personal.

—Sí —reconoció Louise. No iba a disculparse ante nadie por su pasado. El amor y el perdón que le habían demostrado sus abuelos le había enseñado mucho. Sabía que la vida de Oliver sería más pobre sin ellos.

—¿Por eso te convertiste en especialista en conducta familiar?

—Sí —no tenía sentido negarlo—. Mis propias experiencias, las buenas y las malas, me hicieron darme cuenta de que quería trabajar en ese campo.

—Pero a pesar de eso, tu abuelo pensaba que no estabas actuando correctamente con tu hijo.

Ahora era demasiado tarde para lamentar no haber podido tranquilizar a su abuelo en su preocupación por el modo en que Oliver estaba reaccionando ante la falta de un padre.

—Oliver tiene problemas con la identidad de su padre —se vio obligada a admitir—. Pero mi abuelo sabía perfectamente que tenía pensado ponerle en conocimiento de los hechos cuando fuera lo suficientemente mayor para enfrentarse a ellos.

—¿Y cuáles son esos hechos?

—Ya lo sabes. Después de todo, Aldo Barado lo hizo suficientemente público. Vine a Sicilia con mi familia. Me acosté contigo. Según el jefe del pueblo de mis abuelos, perseguí a su hijo y le seduje. Según mi padre y Melinda me rebajé y les avergoncé saliendo por ahí con chicos que solo buscaban una cosa y luego corrí tras de ti. Y tenían razón. Me humillé al acostarme contigo. Quería que mi padre se fijara en mí, y pensé que, si me acostaba con el hombre más importante de la zona, lo haría.

No pensaba contarle la otra razón por la que le había perseguido sin cesar. Ni siquiera ahora podía admitir la existencia de aquella dulce y desconocida emoción que le había llevado a anhelar la intimidad física con él.

Durante mucho tiempo, su impulso emocional había estado encaminado hacia la búsqueda del amor de su padre. La repentina urgencia de sus sentimientos por Caesar había sido su primera experiencia de deseo sexual. Al principio había sentido el impulso de rechazar aquel sentimiento, pero a medida que transcurrieron los días y las semanas en Sicilia algo cambió y empezó a verse en un futuro como la mujer a la que Caesar amaba.

Qué ingenua había sido. Y qué vulnerable. Y qué ciega estaba a todo lo demás. Rechazó las atenciones del hijo del jefe como meras molestias sin darse cuenta de que su continuo rechazo había herido el orgullo del joven de tal modo que exigía retribución. Y esa retribución fueron las mentiras que contó sobre ella al asegurar que le había seducido. Mentiras que tanto su padre, su familia y el propio Caesar estuvieron dispuestos a creer.

Desde un punto de vista profesional, ahora veía que Caesar se había visto atrapado en las exigencias impuestas por su cultura. Ella tenía suerte. Había escapado de aquel estricto confinamiento. Era una mujer independiente, aunque lo cierto era que todavía estaba atada al pasado a través de su hijo. Al igual que ella, Oliver anhelaba el amor de un padre y su presencia en su vida.

Sus amigos habían urgido a Louise a abrirse a la perspectiva de una nueva relación con un hombre que pudiera servirle de modelo a Oliver, una relación basada en el amor y el respeto mutuo. Pero ni toda su formación profesional ni todos los conocimientos podrían hacer desaparecer su decisión de no volver a amar. Por el bien de Oliver y por el suyo propio. La cruda verdad era que temía volver a enamorarse de un hombre que podría volver a hacerle daño. Le había dado todo a Caesar y él la había rechazado, había permitido que la humillaran y la avergonzaran. Era mejor no permitir la entrada de ningún hombre en su vida y en su cama para evitar el riesgo de que algo así pudiera volver a suceder.

–Utilicé preservativo la noche que tuvimos relaciones sexuales.

Louise escuchó cómo Caesar renegaba ahora de su hijo del mismo modo que había renegado de ella tantos años atrás. Bueno, pues no le importaba. Ni Oliver ni ella le necesitaban aunque su abuelo pensara otra cosa. El corazón le latió con fuerza contra las costillas. Ojalá su abuelo no hubiera muerto. Ojalá estuviera todavía allí para guiar a Oliver hacia la edad adulta. Ojalá no hubiera conocido nunca a Caesar. Ojalá no se hubiera acostado con él.

Pero entonces no habría tenido a Oliver.

–No soy yo quien dice que eres el padre de Oliver –le señaló–. Esa es la opinión de mi abuelo.

–Pero la carta que me escribió...

Louise le detuvo.

–Te sugiero que la ignores. Oliver no tiene necesidad de un padre poco dispuesto que no le quiera, y yo no tengo intención de reclamarte nada. Esa no es la razón por la que he venido a Sicilia. Solo quiero una cosa de ti, y es que permitas que las cenizas de mis abuelos sean enterradas en el cementerio de la iglesia de Santa María.

—Pero ¿tú crees que el niño es mío?

¿Por qué le hacía aquella pregunta si acababa de decirle que le liberaba de toda responsabilidad?

—La única persona con la que pienso hablar de quién es su padre es con el propio Oliver cuando sea lo suficientemente mayor para afrontar las circunstancias que rodearon su concepción.

—¿No sería mucho más fácil hacer una prueba de AND?

—¿Por qué? Eso sería solo para tu beneficio, no para el de Oliver. Estás muy seguro de que no es hijo tuyo.

—De lo que estoy seguro es de que no voy a permitir que un hijo que podría ser mío, aunque la posibilidad sea muy remota, crezca pensando que le he abandonado.

Sus palabras impactaron a Louise, porque le parecieron sinceras. El escalofrío que le recorrió las venas no era de rabia, sino de miedo.

—No tengo intención de someter a mi hijo a una prueba de ADN solo para que tú estés tranquilo. Si yo fuera tú, aceptaría simplemente que no tengo intención de reclamarte nada, ni económica ni emocionalmente. Oliver es mi hijo.

—Y según tu abuelo, también mío. Si lo es, tengo una responsabilidad hacia él que no puedo ni quiero ignorar. No hay necesidad de que Oliver se preocupe o se angustie. Se pueden hacer las pruebas de ADN sin que él sea siquiera consciente de ello. Solo hace falta una muestra de saliva.

–No –Louise todavía no había entrado en pánico, pero se dio cuenta de que estaba cerca.

–Me has dicho lo importante que es para ti cumplir el deseo de tus abuelos respecto a sus cenizas. Para mí es igual de importante saber si tu hijo es también mío o no.

No lo dijo con claridad, pero Louise sabía perfectamente por dónde iba.

–Eso es chantaje –le acusó–. ¿Crees que quiero como padre de mi hijo a un hombre capaz de amenazar con un chantaje para salirse con la suya?

–Tengo derecho a saber si el niño es mío. Tu abuelo pensaba que sí, y también creía que Oliver me necesita. Así lo dice en la carta. Le respeto porque su reclamación no fue una cuestión de dinero o de estatus, sino porque pensaba que un niño necesita un padre. ¿De verdad estás dispuesta a negarle eso a tu hijo?

–¿Negarle qué? ¿Ser reconocido como el bastardo de un hombre que permitió que su madre fuera avergonzada públicamente? ¿Un hombre que está deseando sin duda que la prueba resulte negativa? ¿Un hombre que como mucho estará dispuesto a reconocerle como su hijo sin darle nada de lo que realmente necesita? Aunque reconocieras a Oliver, solo le proporcionarías una sensación todavía mayor de ser menos que los demás niños. Siempre habría alguien en la comunidad, tanto aquí como en Londres, que le miraría por encima del hombro por ser ilegítimo. Y siempre habrá alguien dispuesto a recordarle cómo fue concebido. No permitiré que mi hijo pague por mis pecados.

–Estás haciendo juicios sin ningún valor. Si Oliver resulta ser mi hijo, volveremos a hablar de este asunto de manera racional. Por ahora solo te diré que tengo intención de averiguar la verdad sobre su paternidad.

Louise tuvo la certeza de que hablaba en serio y de

que encontraría la manera de conseguir la muestra que necesitaba. El miedo se apoderó de ella. Sería mucho mejor que accediera a conseguirle esa muestra en lugar de arriesgarse a que tratara de hacerse con ella de un modo que podría entristecer a Oliver.

Con tono renuente, dijo:

—Si accedo a proporcionarte una muestra de ADN quiero tu palabra de que nunca te acercarás a mi hijo con los resultados de la prueba o con ninguna intención sin mi permiso o sin que yo esté presente.

Caesar se dio cuenta de que era una madre muy protectora.

—Estoy de acuerdo —aseguró.

Después de todo, lo último que deseaba era hacerle daño al niño. Antes de que ella pudiera seguir adelante con más objeciones, añadió:

—Te haré llegar la prueba para que me la devuelvas hecha. Cuando tenga los resultados...

—¿No sería más fácil que te olvidaras de la carta de mi abuelo? —sugirió Louise en un último intento de hacerle cambiar de opinión.

—Eso es imposible —afirmó Caesar.

Capítulo 3

Y LA ÚNICA razón por la que Billy ha ganado es porque su padre estaba allí viéndonos jugar y diciéndole lo que tenía que hacer.

Oliver llevaba protestando por haber perdido el partido contra otro niño del hotel desde que Louise le recogió en el club infantil por la mañana. Y seguía quejándose ahora mientras comían juntos.

Conteniendo el impulso maternal de consolar a su agraviado hijo con un abrazo maternal, ya que Oliver se consideraba demasiado mayor para abrazos maternales en público, Louise trató de no sentirse culpable por el truco que había tenido que utilizar para hacerse con la muestra de ADN de su hijo. Le había dicho que le parecía que estaba un poco ronco y que quería mirarle la garganta para comprobar que no tenía anginas, a las que era propenso.

Una vez tomada la muestra se la había entregado al chófer que Caesar había enviado para que la recogiera. Ella sabía perfectamente cuál sería el resultado. Caesar era el padre de Oliver, no le cabía ninguna duda. Ella lo tenía claro, pero nunca quiso que el propio Caesar lo supiera.

Le resultaba difícil no sentirse traicionada por el abuelo que tanto había querido y respetado, pero sabía que había actuado buscando lo mejor para Oliver. Su abuelo era un hombre tradicional que pensaba que un padre debía responsabilizarse de sus hijos.

Lo único que tenía que hacer cuando la prueba confirmara las palabras de su abuelo era convencer a Caesar de que no tenía ningún interés en pedirle nada para su hijo, y por tanto le liberaría de la necesidad de jugar ningún papel en la vida de Oliver. Después de todo, dado lo que Caesar pensaba de ella, no tendría ningún interés en ejercer de padre con él. Y como le había dicho, no iba a permitir que Oliver fuera un hijo de segunda al lado de los hijos legítimos de Caesar.

Louise frunció el ceño. Le sorprendía que dado su título y las tradiciones que le acompañaban Caesar no estuviera ya casado y con hijos. Seguramente querría un heredero. El título, al igual que las tierras y la fortuna, habían pasado de padres a hijos en una línea continua desde hacía más de cien años. Era imposible que un hombre arrogante como Caesar estuviera por la labor de romper la tradición. Pero a ella le daba lo mismo. Su única preocupación era Oliver.

Tras dejar a Caesar y salir de la cafetería fue a recoger a Oliver para llevarle a comer. Llegó justo cuando el partido y vio cómo su hijo trataba de llamar la atención del padre del niño con el que había jugado. Observar la rabia y la frustración en el rostro de su hijo le había partido el corazón de madre. Veía su propio miedo y su humillación en la actitud de Oliver, y entendía muy bien por lo que estaba pasando.

Cuando el padre de Billy se marchó con su hijo, Louise contuvo el deseo de correr hacia Oliver y ofrecerle los halagos y la atención que sin duda anhelaba. Pero se contuvo porque sabía perfectamente que lo que Oliver buscaba era la atención de un hombre, no la de una madre.

Al día siguiente iba a llevarle a un parque acuático a pasar el día. Se sentía culpable por tener que invertir

tanto tiempo tratando de solucionar el asunto de las cenizas de sus abuelos aunque ese hubiera sido el propó-
sito principal del viaje.

Tendría que haber más padres o madres solteros en
el hotel con sus hijos, pero hasta el momento no había
visto ninguno. De hecho el hotel, que había escogido
por sus instalaciones para niños, parecía estar lleno de
parejas felices con sus hijos igualmente felices.

Louise contuvo un suspiro cuando Oliver sacó su vi-
deoconsola y le advirtió sacudiendo la cabeza:

–Hasta que hayamos terminado no, Oliver, por favor. Ya conoces las reglas.

–Todo el mundo está utilizando la suya. Billy y su
padre están jugando juntos.

Louise volvió a suspirar y miró hacia la mesa en la
que el padre y su hijo tenían la cabeza inclinada sobre
la pequeña pantalla.

El *castello* había sido construido por sus antepasados
para proteger la tierra que habían conseguido a través de
la guerra y había sufrido muchas reformas a lo largo
de los siglos hasta convertirse en el magnífico trabajo
arquitectónico y artístico que era hoy. Caesar estaba mirando los retratos de sus antepasados en la larga galería.
Se habían encargado retratos de cada uno de los duques
de Falconari desde el principio, y luego, a partir del siglo xv, también de grupos familiares con las duquesas
y sus hijos.

Todos los Falconari habían tenido siempre hijos, un
heredero legítimo. Su propio padre se había casado otra
vez ya mayor con una prima lejana de sangre azul procedente de una rama familiar en Roma para tener a Caesar. Sus padres habían muerto en un accidente de vela

cuando él tenía seis años, pero durante toda su infancia le habían recordado la importancia de que se casara y engendrara la siguiente generación de Falconari.

–Es nuestro deber hacia nuestra gente y nuestro apellido –le decía siempre su padre.

Tenía treinta y un años. Sabía que para las generaciones mayores y para los jefes de los pueblos constituía un motivo de preocupación creciente que no hubiera cumplido todavía con aquella obligación. Ninguno de ellos entendería el rechazo hacia su propia sexualidad que había nacido tras su relación con Louise. El miedo a perder de nuevo el control como le había sucedido con ella le había obligado a permanecer célibe durante muchos meses después de su partida. Pero entonces, cuando por fin decidió poner a prueba su fuerza de voluntad, recibió otro impacto.

Descubrió que era perfectamente capaz de controlar su respuesta sexual incluso con las mujeres más bellas y sensuales. Había recuperado la capacidad de controlar su vida. Se dijo a sí mismo que estaba contento por ello. Se recordó que no quería volver a experimentar aquella sensación de pérdida de identidad, de fundirse completamente con otra persona hasta dejar de ser dos seres humanos y convertirse en uno todo indivisible.

Pero ¿no era cierto también que para él la intimidad del sexo había perdido su sabor y se había convertido en un placer vacío que no podía satisfacer el anhelo que había en su interior? Un anhelo que había visto intensificarse ante la mera presencia de Louise.

Ella era la razón por la que había evitado el matrimonio. Porque sabía....

¿Qué? ¿Que ninguna mujer podría despertar nunca las emociones y el deseo que ella había despertado en él?

Había llegado al último retrato, el suyo a la edad de

veintiún años. Durante los últimos seis años, debido a un inesperado y cruel golpe del destino, había vivido con la certeza de que estaba destinado a ser el último de su linaje. Hasta que recibió la carta del abuelo de Louise informándole de que era el padre de su hijo.

Caesar podía sentir el pesado latir de su corazón y la abrumadora oleada de emoción. Su hijo, carne de su carne, unido a él por un lazo tan fuerte que la mera idea de no quererle le resultaba inconcebible. Nunca podría entender qué había llevado al padre de Louise a rechazarla de aquel modo. Semejante actitud era la antítesis de todo lo que él creía que debía ser un padre.

Quería que Oliver fuera hijo suyo con una intensidad que iba más allá del deber. Desde el momento en que leyó la carta del abuelo de Louise se sintió invadido por una tormenta de emociones tan intensa que supo en lo más profundo de su ser que, por muchas precauciones que hubiera tomado para negarla, la fuerza de la pasión que habían compartido había permitido de alguna manera que la naturaleza se saliera con la suya.

Y sin embargo Louise había dejado muy claro que no quería que formara parte de la vida de su hijo.

Louise.

Recordaba perfectamente la tarde en que la conoció. Iba andando sola por el camino de tierra que unía el pueblo con el *castello*. La ropa, demasiado ajustada, revelaba la forma sensual de su cuerpo y tenía los ojos vivos e inteligentes. Su actitud era de desafío y rebeldía contra el viejo orden de las cosas y contra aquellos que lo imponían. La habían visto bebiendo cerveza de una botella, riéndose y bailando en la plaza del pueblo, animando a los jóvenes a desafiar a sus padres.

Le miró con tanta osadía que al principio a Caesar le divirtió su audacia y se sintió intrigado. Nadie, y menos una chica del pueblo, le miraba nunca directamente a los ojos de ese modo. Le preguntó dónde iba y ella se apartó la melena teñida de negro del hombro y le dijo que allí no había dónde ir y que estaba deseando volver a Londres. Él le preguntó dónde estaría pasando el rato si estuviera en Londres, y se llevó una sorpresa cuando le contestó que estaría viendo los retratos de la National Gallery y preparándose para empezar a estudiar Historia del Arte en la universidad en otoño.

Ya entonces sabía exactamente la clase de efecto que causaba en él. A los veintidós años, el cuerpo de un hombre no poseía ninguna sutileza. Sabía lo que quería. Y el suyo le había dejado muy claro que quería a Louise. La deseaba, pero no podía tener una relación con ella. En Londres tal vez fuera una chica de ciudad con todo lo que eso implicaba, pero allí en Sicilia era un miembro de la comunidad de la que él era responsable. Y a pesar de saber eso, la invitó a ir al *castello* con él para que viera su propia galería de retratos.

Recordó que Louise se sonrojó entonces y adquirió de pronto un aspecto tan femenino e inseguro que sintió al instante deseos de protegerla.

–No te pasará nada –le aseguró–. Tienes mi palabra.

–¿La palabra de un duque, y por tanto más valiosa que la de un mero mortal? –se burló ella.

Que le retara de aquel modo, como si fuera ella la que tenía el control, le llevó a enzarzarse con ella en una conversación cargada de sensualidad aunque a simple vista no lo pareciera. Y Louise respondió en el mismo tono, de modo que emprendieron el camino hacia el *castello* como dos espadachines expertos batiéndose en duelo verbal.

Caesar le enseñó la galería de retratos, y ella supo ver al instante los que estaban pintados por los grandes maestros. Le sorprendió que admirara el retrato que le había pintado a él Lucian Freud, comentando que le parecía extraño que hubiera escogido a un pintor tan moderno y controvertido.

–Apuesto a que a Aldo Barado no le gusta –le retó.

Y por supuesto, Caesar se vio obligado a admitir que estaba en lo cierto.

–Es un buen hombre –afirmó en defensa del jefe–. Valoro su consejo y sus conocimientos.

–¿Y su deseo de mantener a la gente atrapada en unas costumbres arcaicas, sobre todo a las mujeres? ¿Eso también lo valoras? –quiso saber Louise.

–Él tiene su orgullo y yo no querría herírselo, pero creo que hay que hacer algunos cambios. Y tengo pensado hacerlos.

Todavía ahora a Caesar le sorprendía haber confiado en ella con tanta facilidad y tan rápidamente. Desde el principio había sido inevitable que quisiera llevársela a la cama. ¿Habría sido igual de inevitable que hubiera concebido un hijo suyo?

El corazón le latió con fuerza contra las costillas.

Apoyada en el balcón de la habitación doble que compartía con Oliver, Louise se dijo que no podía dormir porque se había acostado demasiado pronto. Su hijo llevaba ya un buen rato dormido.

Los jardines del hotel brillaban con las luces de los árboles que rodeaban la piscina. En algún lugar del complejo sonaba música. Desde el balcón Louise veía a las parejas paseando del brazo. Parejas. Eso era algo que ella nunca viviría, tener una pareja. Siempre tendría demasiado miedo a volver a convertirse en la chica necesitada que fue y a repetir los mismos errores. Y lo más importante: estaba Oliver. No se arriesgaría nunca a introducir en sus vidas a un hombre que podría hacerle daño a su hijo abandonándoles.

Al mirar hacia abajo vio un pequeño grupo de adolescentes que pasaba por ahí. Le recordó a cómo era ella la última vez que estuvo en Sicilia. Una adolescente que había sido castigada públicamente de forma cruel. Louis apretó los músculos para enfrentarse a la salvaje mordida de los recuerdos que no quería resucitar. Algunas cosas nunca dejaban de hacer daño por muy gruesa que fuera la piel que uno intentara hacer crecer sobre la herida.

Estaban a mitad de las vacaciones. Su padre llevaba tres días sin habar con ella porque estaba avergonzado de su aspecto y de su comportamiento.

Por supuesto, Melinda observaba como un gato relamiéndose, resaltando constantemente los fallos de Louise mientras se aseguraba de que su padre veía lo encantadoras y educadas que eran sus propias hijas en contraste. Unas niñas bonitas y seguras de sí mismas que no vacilaban en suplicar con dulzura para que les compraran un helado.

Desde que Melinda llegó a la vida de su padre se desencadenó una guerra constante por ganarse su lealtad. Una guerra que Louise sabía en el fondo que estaba destinada a perder. Hasta que conoció a Caesar en aquel solitario y fatídico paseo que había dado para escapar de Pietro, el hijo de Aldo Barado. Ella no había hecho nada para provocar sus constantes atenciones. Sí, al principio le había divertido el revuelo que había causado entre los chicos del pueblo. Se sentía muy mayor y muy experta comparada con las chicas locales que llevaban vidas recluidas. Sí, había roto una regla no escrita al tomar cerveza en el bar del pueblo en compañía de esos chicos, pero nunca había animado a Pietro del modo en que él aseguraba.

No resultaba exagerado decir que conocer a Caesar, darse cuenta de quién era y aceptar su invitación al *castello* había cambiado el curso de su vida. Aunque aquel primer día no podía adivinar lo radical que sería aquel cambio. Había oído a sus abuelos hablar de él y sabía que le tenían en muy alta consideración. Aprovechó lo que le parecía una oportunidad para superar a Melinda a través de una relación con Caesar. A los dieciocho años era demasiado ingenua para ir más allá. Le bastaba con que Caesar hubiera mostrado interés por ella.

Cuando se dio cuenta de que estar con Caesar era más importante para ella que conseguir la aprobación paterna, ya era demasiado tarde para echarse atrás. Estaba enamorada de él. Cuando visitaba el pueblo se aseguraba de estar ahí aunque eso significara que tuviera que frecuentar el bar y soportar las no deseadas atenciones del hijo del jefe.

—Eres una estúpida —le había espetado Pietro con rabia—. No está realmente interesado en ti. ¿Cómo iba a estarlo? ¡Es duque!

No era nada que Louise no se hubiera dicho ya a sí misma, pero sus crueles palabras le hicieron daño y quiso demostrarles a él y a todos que se equivocaban. No le había hablado de sus encuentros «accidentales» cuando ella paseaba cerca del *castello* mirando hacia las ventanas que Caesar le había dicho que pertenecían a su suite privada. Su insistencia se vio recompensada con la aparición de Caesar. Los paseos juntos, las conversaciones que habían mantenido eran algo precioso para ella.

Caesar no se había reído de ella como los demás. Habían hecho falta solo unos cuantos pasos para que una joven tan emocionalmente vulnerable como ella se creara en la cabeza una situación de cuento de hadas en la que Caesar correspondía a su amor. Y de ese modo no solo se sentaría en el trono de duquesa, sino que también la situaría en un pedestal desde el que podría conseguir la admiración y la aprobación de su padre.

Sin embargo, para su desilusión, a pesar del tiempo que habían pasado juntos, Caesar no había hecho ningún amago de dar un paso más en la relación. En lugar de aceptar su silenciosa invitación, se apartaba de ella. Aunque en una tarde particularmente calurosa a finales de las vacaciones se enfadó tanto al verla en el bar con Pietro que a Louise no le cupo duda de que estaba celoso.

–Estás poniendo tu reputación en entredicho con tu comportamiento –le dijo cuando ella le acusó más tarde de estar celoso–. Me preocupo por ti.

–¿Y qué hay de Pietro? –le retó ella–. ¿Él no está poniendo también en entredicho su reputación?

–Es diferente para un hombre. Al menos en esta parte del mundo –fue su respuesta.

–Pues no debería serlo, no es justo.

En lugar de pensar en la injusticia de las costumbres de la comunidad, tendría que haber prestado más atención a su advertencia a un nivel personal, reconoció Louise. Aunque ahora ya era muy tarde para lamentarse.

Había sido una estúpida al ver en la actitud de Caesar hacia ella lo que quería ver y no la realidad. Se había convencido a sí misma de que Caesar la amaba tan apasionadamente como ella a él. Había ignorado ingenuamente las barreras que había entre ellos, convencida de que lo único que importaba era lo que sentían el uno por el otro, aunque Caesar no le había dado a entender que sintiera lo mismo que ella.

La noche en que concibieron a Oliver estaba desesperada por verle. Caesar había estado fuera del pueblo por trabajo, y cuando supo que había vuelto, su deseo de estar con él fue tan grande que nada podría haber evitado que hiciera lo que hizo. Estaban destinados a estar juntos, ella lo sabía. Sus destinos se entrelazarían como los de Romeo y Julieta.

Esperaba que Caesar bajara al pueblo, y cuando no lo hizo, dijo que le dolía la cabeza y fingió irse a la cama. Pero lo que hizo fue subir al *castello* y entrar a hurtadillas por la puerta de la cocina hasta llegar a la habitación de Caesar.

Él estaba trabajando en el ordenador cuando ella entró. Una expresión de asombro le paralizó el rostro al verla. Se había levantado de la silla, pero cuando Louise corrió hacia él la rechazó.

–¿Qué estás haciendo aquí? –le preguntó con tono tenso–. No deberías haber venido.

No eran precisamente las palabras de un amante devoto. Pero Louise estaba demasiado embargada por sus propias emociones como para prestarles atención. Caesar la amaba y la deseaba, lo sabía, y ahora iba a demostrarle cuánto le amaba y le deseaba ella. Se había sentido muy mayor al hacerse cargo de la situación, al ser la que impulsó la relación hacia la intimidad que ambos deseaban.

–Tenía que venir –le dijo–. Quiero estar contigo. Te deseo con toda mi alma, Caesar –enfatizó cerrando la puerta y dirigiéndose hacia él mientras se quitaba la chaqueta con la mirada clavada en su rostro, imitando la escena de una película que había visto en Londres.

No tardó mucho en quedarse en ropa interior. No llevaba muchas cosas puestas, solo un sencillo vestido de algodón bajo la chaqueta vaquera. Llevó los brazos hacia atrás para desabrocharse el sujetador, pero se detuvo para mirarle fijamente y le suplicó con voz ronca:

–Hazlo tú, Caesar. Desabróchamelo –le pidió lanzándose a sus brazos.

Él la sujetó al instante, como sabía que haría. Lo que no sabía era lo cómoda y segura que se iba a sentir entre sus brazos. Ni lo emocionada. Seguridad y emoción, dos conceptos opuestos que entre sus brazos casaban a la perfección.

Louise le besó en un lado de la mandíbula, abrumada por lo que sentía al estar tan cerca de él. Fue un beso torpe e inexperto, pero le proporcionó un escalofrío de excitación al sentir su barba incipiente bajo los labios.

–Bésame, Caesar –le suplicó en un suave gemido mientras se le agarraba del brazo y alzaba la boca hacia la suya–. Bésame.

Él trató de negarse, de apartarla de sí.

–Esto no puede suceder, Louise. Los dos lo sabemos. No debe suceder.

Ella no quiso escucharle. Estaba demasiado emocionada. Había escuchado a otras chicas hablando de lo que se sentía cuando un chico te excitaba, pero aquella era la primera vez que lo estaba experimentando.

Volvió a besarle, pero esta vez, cuando Caesar trató de apartarle los brazos del cuello, ambos cayeron juntos sobre la cama. Y entonces Louise sintió la dura evidencia de su excitación.

Aquella certeza la hizo estremecerse y se apretó contra él, ignorando sus protestas.

Louise se quedó mirando la oscuridad. Le hacía sentirse físicamente enferma saber que se había comportado de una forma tan autodestructiva. Con la madurez entendió que al presionar a un hombre se podía activar una reacción en cadena que transformara la rabia en un deseo físico que nada tenía que ver con los sentimientos.

Caesar le sujetó las muñecas y la sostuvo debajo de él. Sin saber cómo manejar su propia sensualidad femenina, Louise gritó asombrada cuando el roce de sus pulgares sobre los puntos de pulso le provocó una corriente de deseo. Entonces fue cuando ocurrió. Olvidó por completo por qué estaba allí y se centró exclusivamente en las sensaciones que le provocaba estar tan íntimamente cerca de él. Se deslizó de un mundo a otro en un segundo y su vida cambió para siempre. Tiró toda precaución por la borda. Fue como si se hubiera abierto una compuerta, y empezó a decirle cuánto le deseaba, cuánto la excitaba, cuánto le amaba. Le cubrió la cara y el cuello de besos agarrándose a él y suplicándole.

Si ahora temblaba recordando aquel momento, era por el aire fresco de la noche, nada más. Quería volver a entrar y escapar de los recuerdos de lo que había significado para ella yacer desnuda en brazos de un hombre en el calor de la noche siciliana. Detrás de ella, en la seguridad de la habitación del hotel, el silencio no quedaría roto por la jadeante respiración de dos personas poseídas por un mutuo deseo sexual, sino por los ruiditos que haría Oliver al respirar dormido. Necesitaba aquella realidad, pero una vez desatados los recuerdos que la unían al pasado resultaban demasiado fuertes para poder negarlos. Lo que había ocurrido aquella fatídica noche no podía negarse. Después de todo, Oliver era la prueba viviente de cómo la había poseído Caesar.

Desde las ventanas abiertas del dormitorio de Caesar había vislumbrado las distantes montañas bajo el cielo cargado de estrellas. El calor que le recorrió entonces las venas era tan peligroso como la lava del monte Etna.

La parte inferior del cuerpo de Caesar se frotó con fuerza contra el suyo de forma compulsivamente masculina, desconocida y al mismo tiempo familiar. La brusca posesión de su beso, su primer beso de verdad... había algo oscuramente mágico en todo aquello y fue incapaz de resistirse. Allí, en la penumbra del dormitorio de Caesar, se convirtió en mujer y su cuerpo disfrutó de la gloria del momento.

No tenía sentido tratar de convencerse ahora de que la emoción que había experimentado entonces había nacido únicamente de la sensación de triunfo por haber despertado el deseo de Caesar, porque tanto ella como su cuerpo sabían la verdad. No tenía sentido decirse que se debía únicamente al vino que había bebido aquella noche y que había acabado con sus inhibiciones. Sabía que no era cierto. Allí en la cama de Caesar, entre sus brazos, el anhelo de verse poseída por él había nacido del deseo atávico de la condición femenina por aparearse con el hombre más fuerte de la tribu, cuyos genes beneficiarían al hijo que podría engendrar en ella.

Aunque por supuesto no había analizado así su reacción en aquel momento. Entonces solo se dijo que estar en brazos de Caesar sabiendo que la deseaba era el cumplimento de sus fantasías y servía para demostrar que era digna de otro amor.

No hubo contención por su parte cuando Caesar la invitó a que le tocara de forma más íntima colocándole la mano sobre el pulsante calor de su dura erección.

Louise sintió cómo el corazón se le estrellaba contra el pecho al tratar de evitar la intensidad de aquel recuerdo que le invadía el cuerpo y los sentidos. Trató de redirigir sus pensamientos pero resultó inútil. Estaban tan fuera de control como lo estuvo su cuerpo aquella noche.

Todavía podía recordar cómo se le aceleró el corazón al sentir el contacto de su piel antes de establecer un ritmo rápido y firme. Louise estaba húmeda y lista cuando los dedos de Caesar le separaron los pliegues de su sexo, resbaladizo por los jugos del deseo y la excitación. Abrió los ojos de par en par y arqueó el cuerpo antes de fundirse en un estremecedor clímax bajo las expertas caricias de Caesar sobre su clítoris.

Qué ingenua había sido. Atrapada por completo en su sensación de abandono, a los dieciocho años no tenía ningún conocimiento real de su propia sexualidad. En teoría sabía lo que había sucedido, pero eso no la había preparado para la oleada de cálido placer que se apoderó de ella y que la llevó a gritar el nombre de Caesar y a agarrarse impotente a él mientras su cuerpo cabalgaba su primera tormenta de éxtasis.

Caesar entró entonces en ella, cuando todavía tenía la piel temblorosa y sensual, todavía henchida de placer. El resultado no pudo ser otro que una nueva e inesperada respuesta al movimiento de su cuerpo dentro del suyo.

Esta vez su orgasmo fue todavía más intenso, llevándola a clavar las uñas sobre la piel de Caesar. En respuesta, él se hundió más profundamente en su interior y los músculos de Louise se apretaron con más fuerza sobre él como si se negaran a dejarle ir.

Agotada por la intensidad de la experiencia, Louise recordaba que se había quedado quieta entre los brazos de Caesar con el corazón lleno de amor hacia él. Qué estúpida había sido al pensar que el hecho de que siguiera abrazándola significaba que la amaba. Pero decidió que no se quedaría toda la noche. La intimidad que habían compartido era demasiado preciosa y demasiado privada como para convertirse en rumor en boca de los demás. Y eso sería lo que ocurriría si encontraban su cama sin deshacer por la mañana. Quería que fuera Caesar quien anunciara su relación a la familia, sobre todo a su padre.

—Tengo que irme —le susurró a Caesar.

—Sí —reconoció él—. Creo que deberías.

Si se llevó una desilusión por que no compartiera con ella la ducha que le había invitado a darse antes de marcharse, ocultó su desilusión. Después de todo ya habría más ocasiones para compartir esa intimidad y otras muchas ahora que eran amantes.

Recordaba que Caesar la había acompañado de regreso al camino. Pero no porque quisiera estar con ella, pensó ahora Louise con amargura. No, lo que quería era asegurarse de que dejaba el *castello*.

Mientras recorría la escasa distancia que separaba el *castello* de la villa en la que estaban alojados, lo único en lo que Louise podía pensar era en volver a ver a Caesar. Por primera vez en su vida, alguien que no era su padre ocupaba sus pensamientos. Por primera vez en su vida alguien le había demostrado que le importaba. Por primera vez en su vida había alguien que la antepondría a todo lo demás. Todos sus sueños se habían hecho realidad. Caesar la amaba. Lo había demostrado aquella noche.

Las cosas no salieron como ella esperaba.

Al día siguiente no hubo señales de Caesar. Ni los días posteriores. Ni una palabra. Nada. Y luego supo que Caesar había dejado el *castello* para volar a Roma y que se quedaría allí durante más de un mes ocupándose de un asunto familiar.

Al principio no había sido capaz de asumirlo. Tenía que tratarse de un error. Caesar tendría que haber intentado verla para decirle personalmente que se marchaba. Seguro que quiso hablar con su padre para hacer pública su relación. O al menos seguro que le habría dejado una carta o un mensaje.

Louise estaba loca de angustia y de dolor por no verle. Incluso había tratado de convencer a su familia para que ampliaran las vacaciones. Y entonces fue cuando la realidad de lo que Caesar sentía por ella quedó al descubierto del modo más humillante y cruel posible.

Sus abuelos estaban abiertos a la idea de prolongar la visita. Su abuelo incluso fue a ver al dueño de la villa alquilada para hablar de la posibilidad de quedarse más días. Pero antes de que el dueño pudiera darles una respuesta, la familia recibió la visita de Aldo Barado. El jefe les dijo que en el pueblo no querían que se quedaran más tiempo y que de hecho estaban deseando librarse de ellos por la vergüenza que el comportamiento de Louise había hecho caer sobre ellos y sobre el pueblo.

–Ya no sois bienvenidos aquí –dijo furioso antes de girarse hacia el padre de Louise para acusarle con rabia–. Ningún padre del pueblo ni de toda Sicilia permitiría que su hija se comportara como la tuya. Nos avergüenza a todos con su comportamiento, pero sobre todo a ti, su padre. No has cumplido con tus obligaciones y ella se ha dedicado a insinuarse a todos los jóvenes del pueblo sin duda con la idea de atrapar a alguno de ellos y casarse.

Louise recordaba que luego se había girado hacia ella con los ojos echando chispas de furia.

–Afortunadamente, esos jóvenes me han escuchado y han seguido mi consejo. Tu hija no podrá seguir persiguiéndoles. Este pueblo ya no os reconoce como miembros de la comunidad.

Sin digerir todavía lo que estaba pasando, Louise fue tras él cuando iba a marcharse y le tiró de la manga en un intento de detenerle.

–Caesar nunca permitirá que eso ocurra. Él me ama.

–Nuestro duque está en Roma y allí seguirá hasta que tú te hayas ido, siguiendo el consejo que le di cuando me confesó su locura. En cuanto a que te ama... ¿de verdad crees que algún hombre decente, y mucho menos alguien tan admirado y con tanta responsabilidad como nuestro duque, podría amar a una mujer como tú?

–¿Te ha contado... te ha hablado de nosotros? –preguntó Louise con la voz entrecortada por la angustia y el shock.

–Por supuesto que sí.

Dicho aquello se marchó sin darle más opción que regresar al lado de su familia. Su padre estaba furioso con ella, recorría arriba y abajo los azulejos de la terraza dando rienda suelta a sus sentimientos. Era un hombre al que no le gustaba recibir ninguna clase de crítica, y no se cortó en absoluto al acusarla de estar metida en un asunto que volvía a demostrar una vez más que no merecía ser su hija.

–Cuando pienso en el tiempo y el dinero que he malgastado en ti... y así es como me lo pagas, colocándome en una posición en la que me veo obligado a escuchar las críticas de un pastor de cabras. Dios mío, si esto llega a oídos de alguien en la universidad, seré el hazmerreír. Y todo por tu culpa.

–La has mimado demasiado, cariño. Te lo advertí –Melinda compuso una de sus falsas y dulces sonrisas–. No merece tener un padre tan maravilloso como tú. Te lo he repetido hasta la saciedad.

El dolor que vio en los ojos de sus abuelos fue lo que más daño le hizo.

No tendría que haber vuelto a aquel lugar, pero ¿qué opción le quedaba? Asegurarse de que descansaran para siempre donde querían era mucho más importante para ella que sus propios sentimientos. Aunque tenía que admitir que la actitud soterrada de su abuelo al escribir a Caesar para contarle lo de Oliver le había pillado con la guardia bajada.

Aunque hacía una noche calurosa, Louise se cruzó de brazos como si siquiera protegerse del frío. Pero se trataba de un frío interior, un escalofrío helado procedente del conocimiento de que Caesar tenía un potencial poder sobre ella.

Sus pensamientos volvieron una vez más hacia el pasado. Cuando el jefe se hubo marchado y su padre le dijo lo que le tenía que decir, Melinda y él dejaron de dirigirle la palabra. Parecía como si no pudieran soportar tenerla delante. Sus abuelos, aunque estaban disgustados por todo el asunto, fueron los únicos que siguieron hablándole a pesar de todo. Ella también estaba disgustada, por supuesto, y se vio obligada a admitir de forma brutal que había estado viviendo una fantasía. Trató de hablar con su padre, pero él la atajó diciéndole de malos modos que ya no quería que formara parte de su vida. El viaje de regreso al aeropuerto fue una pesadilla. Cuando atravesaron el pueblo, la gente que estaba en la plaza le dio la espalda al coche, y algunos chicos incluso les lanzaron piedras. Su padre estaba furioso con ella, pero lo que todavía le hacía daño a Louise era el recuerdo de las lágrimas que vio en los ojos de su abuelo.

Ya no tenía dieciocho años, se dijo. Tenía casi veintiocho y era una reputada profesional en su campo que debía lidiar a diario con los problemas y las relaciones de personas que habían vivido experiencias mucho peores que la suya. Los problemas del pasado no eran exclusivamente suyos. Los demás también habían contribuido a su creación.

Su principal responsabilidad ahora era hacer lo mejor para Oliver. Tal vez tuviera que verse atrapada en el presente por los sucesos del pasado, pero no tenía por qué seguir atrapada en el dolor. Había sido lo suficientemente estúpida como para crear una fantasía en torno a Caesar y había pagado un alto precio por ello.

Tenía la sospecha de que él, dada su posición y la deferencia con la que se le trataba, nunca se desnudaría emocionalmente para descubrir sus defectos internos. Nunca había sido humillado, nunca le habían dicho que era cruel. Y eso, en su opinión profesional, iba contra él. Había renegado de ella y ahora quería reclamar a su hijo. La idea la aterrorizaba. Nunca permitiría que nadie, y menos Caesar, humillara a Oliver como habían hecho con ella.

Lamentaba con toda su alma necesitar del permiso de Caesar para enterrar las cenizas de sus abuelos, pero no iba a rendirse por culpa del pasado. Y, si el precio de Caesar era la prueba de ADN de Oliver... bueno, entonces estaría dispuesta a luchar por su hijo... y por su propia alma.

Capítulo 4

S U TÍTULO y la posición que ocupaba en la isla le abrían muchas puertas, reconoció Caesar cuando el encargado del club infantil del hotel le acompañó a la pista de tenis en la que Oliver acababa de terminar de jugar. Caesar le había dicho que estaba pensando en apuntar a los hijos de su prima a clases cuando llegaran a finales de semana para su visita veraniega anual. No era una mentira. Su prima había mencionado que cada vez le costaba más trabajo mantener entretenidos a sus hijos adolescentes.

Oliver, que estaba concentrado en su videojuego, solo levantó brevemente la mirada cuando la sombra de Caesar se le cruzó por la pantalla.

Los tonos de Oliver eran completamente sicilianos. Tenía la piel aceitunada y el cabello rizado y oscuro. Y además era un Falconari total, reconoció Caesar mientras los ojos de Oliver le miraban con el recelo normal al ver acercarse a un desconocido.

Caesar llevaba en el bolsillo de la chaqueta los resultados de la prueba de ADN y no cabía ninguna duda. Mostraban claramente que Oliver era hijo suyo. Al mirarle ahora, le pilló por sorpresa la fuerza de la repentina conexión padre-hijo que sintió hacia él. Quería abrazarle, reclamarle como suyo, marcarle con su contacto.

El poder y la inesperada naturaleza de las emociones que se apoderaron de él estuvieron a punto de detenerle a medio paso. Ya sabía lo que significaba para él como duque de Falconari reconocer a Oliver como su hijo, pero aquel sentimiento iba mucho más allá.

Por suerte tenía alguna experiencia con chicos de edad parecida a la de Oliver por los hijos de su prima, así que se contuvo y comentó con naturalidad:

–Has jugado bien.

–¿Me ha estado viendo?

Con aquellas palabras y la mirada de Oliver, el recelo de Caesar quedó sustituido por un placer que señalaba con total claridad los temas que su abuelo había señalado en la carta.

El chico necesita un padre. Louise es una buena madre, le quiere y le protege. Pero la infelicidad que le provocó a ella su padre proyecta una larga sombra que afecta también a Oliver. Necesita el amor y la presencia de un padre en su vida. Veo en él el mismo anhelo que tenía la propia Louise. Usted es su padre. Tiene una obligación hacia él que estoy seguro que cumplirá con honor.

Esto no es una cuestión de dinero. Louise tiene un buen trabajo, y sé que no aceptaría ninguna ayuda económica por su parte.

Por lo que conocía de Louise, Caesar dudaba mucho de que estuviera dispuesta a aceptar algo de él.

Cuando regresó de Roma se dijo a sí mismo que era un alivio comprobar que ya no estaba allí, aunque el orgullo de sus veintidós años todavía le escocía por el rapapolvo del jefe del pueblo. Sobre todo porque cuando escuchó que llamaban a la puerta con los nudillos creyó que era Louise que volvía a su lado. Se vio obligado a escuchar cómo el jefe le advertía que había visto a Louise saliendo del *castello*. Imaginando lo sucedido, le dijo que, si quería estar a la altura de sus nobles antepasados y cumplir con su obligación hacia su gente, entonces no podría volver a ver a Louise.

–Eso no es posible –le dijo Caesar–. Su familia está aquí. Forman parte de nuestra comunidad. Se supone que tengo que hacerles sentir bienvenidos.

¿Y Louise? Le había dado la bienvenida a su cama. ¿Y a su corazón? Qué dividido se había visto entre el salvaje deseo que ella había desatado en él y el respeto hacia las costumbres de su gente. Pero el deseo hacia Louise era algo que debía controlar y negar, se dijo. Igual que había controlado y negado cualquier demostración de dolor tras la muerte de sus padres. Los Falconari no debían dejarse llevar por sus emociones.

Pero no tenía sentido recordar aquello, ni tampoco la agonía que había sentido en Roma, las noches en vela, el deseo de encontrar a Louise... un ejemplo más de la habilidad que tenía ella para acabar con su autocontrol. Finalmente le había enviado una carta pidiéndole perdón. Una carta que nunca recibió respuesta. Y eso que por aquel entonces ya debía de saber que estaba esperando un hijo suyo.

Se miró en los ojos de Oliver. Tenían el mismo color y la misma forma que los suyos. El corazón le latió salvajemente.

–¿Te gusta Sicilia? –le preguntó.

–Es mucho mejor que Londres, porque aquí hace calor. Odio el frío. Mis abuelos eran sicilianos. Mi madre ha traído aquí sus cenizas para enterrarlas.

Caesar asintió con la cabeza.

Otro chico se acercó a ellos agitando la raqueta acompañado de un hombre que Caesar supuso que era su padre.

–Hola, Oliver –el hombre sonrió–. Veo que ahora estás con tu padre.

Caesar esperó a que Oliver negara la relación, pero

se acercó a él de modo instintivo de modo que Caesar pudiera ponerle la mano en el hombro como el otro hombre estaba haciendo con su hijo. Sintió los huesos bajo la camiseta, jóvenes y vulnerables. Así que eso era lo que se sentía al tener un hijo.

Y así fue como Louise les vio cuando llegó a recoger a Oliver con pasos tan acelerados como el latido de su corazón. Se acercó a ellos casi corriendo, y su hijo se acercó al instante más a Caesar cuando trató de separarlos.

Caesar todavía tenía una mano sobre el hombro de Oliver, y levantó la otra para cubrir la de Louise cuando agarró el brazo del niño. Una sensación de pánico instantáneo se abrió paso a través de sus venas. Todo su cuerpo reaccionó de manera tan frenética y asustada al contacto con Caesar. Fue como si un relámpago apareciera de la nada atravesándola con su brillante luz. Louise sintió el impacto del golpe en su memoria rompiendo los cerrojos que había colocado. La innegable verdad era que ese era el modo en que Caesar la había hecho sentirse muchos años atrás.

La mera idea la hizo estremecerse de horror y desprecio por sí misma. ¿Cómo era posible que encontrara a Caesar atractivo a aquellas alturas? La había humillado y tratado con desprecio.

Trató de sacar la mano de debajo de la suya pero él se negó a soltarla, así que se vio obligada a quedarse allí formando un círculo de intimidad.

—Iba a ir a buscarte —le dijo Caesar—. Tenemos muchas cosas de que hablar.

—Lo único de lo que tengo que hablar contigo es de las cenizas de mis abuelos —replicó ella con firmeza.

—Puedes venir a verme jugar al tenis mañana si quieres —le dijo Oliver a Caesar.

Louise supo al instante que su hijo sería tan vulnerable ante Caesar como ella. Se preguntó con pánico si sería posible cambiar el vuelo para poder marcharse de allí cuanto antes. Podría dejar las cenizas de sus abuelos con el párroco y ultimar los detalles prácticos desde la seguridad de Londres. Caesar no quería en realidad formar parte de la vida de Oliver. Aunque todavía no tuviera hijos legítimos, era solo cuestión de tiempo que se casara y se dispusiera a crear la siguiente generación de Falconari.

Aquella certeza tendría que haber servido para tranquilizarla, pero el corazón se negaba a bajar el ritmo y su cuerpo era un manojo de nervios. Cuando finalmente retiró la mano de debajo de la de Caesar todavía le temblaba todo el cuerpo por las sensaciones que había despertado en ella.

–Si Oliver está preparado, vamos a hacer la foto del club junior –anunció la joven que estaba a cargo de las actividades infantiles acercándose a ellos.

Louise se fijó en que su hijo no quería apartarse de su nuevo amigo. Torció el gesto cuando ella le empujó suavemente hacia la joven y se zafó con brusquedad de la mano que le había puesto en el brazo. No le gustaba la rabia que Oliver mostraba hacia ella, pero eso no significaba que estuviera dispuesta a aceptar la interferencia de Caesar, decidió Louise.

Pero entonces Caesar se quejó de la actitud del niño diciéndole con calma:

–Esa no es forma de tratar a tu madre.

Oliver parecía molesto y dolido. Reaccionó a la reprimenda de Caesar con más preocupación que a las suyas.

–No tenías derecho a hablarle a Oliver así –le dio a Caesar en cuanto Oliver se hubo marchado con la chica–. Es mi hijo.

–Y mío también –aseguró Caesar con voz pausada–.

He recibido los resultados de la prueba de AND y lo dejan muy claro.

Las imágenes de la intimidad que habían compartido para crear a Oliver aparecieron de forma traicionera ante los ojos de Louise. Pudo incluso sentir las emociones que experimentó entonces: la emoción, el deseo, la necesidad de ser querida que la había llevado a engañarse a sí misma.

Un dolor tan cruel y despiadado como el que sintió entonces volvió a apoderarse de ella. En muchos sentidos ella había provocado su propia desgracia, pero Caesar podría haberla tratado con más delicadeza. Pero era el padre de Oliver, y no podía negar que eso era importante.

Y sin embargo...

—No necesito que me digas la identidad del padre de mi hijo —afirmó con sequedad.

Caesar se dio cuenta de que era como una gata defendiéndose. Y ya que era una gata, ¿ronronearía de placer cuando la acariciaran?

El modo en que su cuerpo reaccionó ante aquella pregunta fue como una marea de proporciones gigantescas que reavivó emociones y deseos que creía haber suprimido hacía mucho tiempo.

—Tenemos mucho de que hablar. Sugiero que lo hagamos en un lugar más privado, como el *castello*.

—Pero Oliver... —comenzó a decir ella.

Caesar sacudió la cabeza.

—Ya he hablado con el responsable de las actividades para niños. Se ocuparán de Oliver hasta que vuelvas.

El *castello*. El escenario de la concepción de Oliver. Aunque era poco probable que en esta ocasión visitara el dormitorio de Caesar. No es que quisiera hacerlo, por supuesto. No después del precio que había tenido que pagar por haber estado allí.

–Yo no... –comenzó a decir.

Pero Caesar la había tomado del brazo y la estaba guiando hacia el vestíbulo del hotel para salir. Fuera aguardaba una larga limusina negra con chófer.

Estaban solo a veinte minutos en coche del *castello*. Seguramente Caesar tendría algún interés económico en el hotel, pensó Louise, ya que estaría construido sobre un terreno que le pertenecía a él.

Cuando el coche atravesó los magníficos jardines que rodeaban el *castello*, Louise trató de no sentirse impresionada, pero le resultó casi imposible.

La familia Falconari llevaba muchas generaciones en la isla. Habían hecho buenos matrimonios y habían acumulado grandes riquezas, como se veía. El emblema de su escudo, un halcón, estaba estampado sobre la entrada principal del *castello* y también en los intrincados y ornamentales elementos de toda la construcción. El sello de la familia estampado en su propiedad. Igual que Oliver tenía los rasgos de su padre estampados.

Louise se estremeció. Hubo algo en el modo en que Cesar agarró a su hijo antes y en el modo en que el niño le miró que le provocó un dolor interno en el lugar en el que su propia infancia había quedado descarnada y sin curar. Louise supo instintivamente que ningún hijo de Caesar se vería privado de protección paternal. Así eran los sicilianos, y el duque Caesar de Falconari había sido educado para seguir y respetar aquel código.

Louise no quería pensar en lo que eso significaba.

Oliver era suyo. Le había criado sola y era muy protectora con él. Se había entregado a su padre con toda la inocencia de su deseo por ser querida y valorada. Ahora había visto en los ojos de su hijo una disposición parecida a apoyarse en su padre. No iba a permitir que Caesar rechazara a su hijo como había hecho con ella.

El coche se detuvo frente a una impresionante escalinata de mármol.

Nadie podría reprocharle a Caesar sus modos, reconoció cuando se bajó para abrirle la puerta y acompañarla hasta los escalones. Pero hacía falta algo más que buenas maneras para que un ser humano valiera la pena, para que fuera un buen padre. El corazón le dio un vuelco dentro del pecho. ¿Por qué estaba pensando eso? Caesar no iba a ser el padre de Oliver. Y sin embargo Louise sabía que le iba a costar trabajo olvidar el modo en que Oliver se había girado hacia Caesar en lugar de hacia ella cuando se iban.

El recibidor principal del *castello* era impresionante. Había esculturas en los nichos de las paredes, una escalera de caracol que se curvaba hacia arriba y el olor de un arreglo floral situado en medio de la estancia de suelos de mármol inundaba el espacio.

–Por aquí –le dijo Caesar indicándole una puerta doble que daba a un pasillo.

Louise recordaba de su primera visita al *castello* que había una serie de habitaciones comunicadas entre sí y decoradas con estilo y piezas de museo. Caesar entró en una de ellas y abrió otro par de puertas que daban a un corredor cubierto tras el que se encontraba un patio cerrado con una fuente.

–Este era el jardín de mi madre –le dijo a Louise señalándole una silla para que tomara asiento alrededor de una bonita mesa de hierro.

–Recuerdo que mi abuela me contó que murió cuando tú eras muy pequeño –comentó ella.

–Sí. Tenía seis años. Mis padres murieron juntos en un accidente de vela.

Como surgida de la nada apareció una doncella sin que Caesar pareciera haberla llamado.

–¿Qué quieres tomar? ¿Té?

–Café. Un expreso –le dijo Louise pensando que necesitaba el aporte de cafeína para enfrentarse a Caesar–. Mis abuelos me enseñaron a tomar café mucho antes que té inglés. Solían decir que era el sabor de su hogar.

La doncella se marchó y regresó con los cafés antes de volver a dejarles solos de nuevo.

–¿Por qué no te pusiste en contacto conmigo para decirme que esperabas un hijo mío? –inquirió él.

–¿De verdad necesitas preguntarme eso? No me hubieras creído después del trabajo que el jefe hizo con mi reputación. Nadie me creyó, ni siquiera mis abuelos al principio. Pero cuando Oliver creció mi abuelo me preguntó si podría ser tuyo. Se dio cuenta de que se parecía a ti.

–Pero tú lo sabías desde el principio.

–Sí.

–¿Cómo? ¿Cómo podías saberlo?

Una leve punzada de dolor la atravesó, pero el orgullo le impidió mortificarse por ello.

–Eso no es asunto tuyo. Igual que Oliver no es asunto tuyo.

–Es mi hijo, y para mí eso le convierte en asunto mío, como ya te he dicho.

–Y yo te he dicho que no voy a permitir que obligues a mi hijo a crecer como tu bastardo aunque aquí en Sicilia sea algo aceptable para un hombre poderoso como tú. No permitiré que mi hijo crezca como un segundón, un ser ajeno en tu vida condenado a mirar desde fuera a tus hijos legítimos y favoritos.

Louise se detuvo bruscamente, consciente de que sus emociones la estaban traicionando. Aspiró con fuerza el aire antes de seguir con más calma.

–He vivido en primera persona el daño que puede causarle a un niño su anhelo por un padre que no puede o no quiere comprometerse emocionalmente. No permitiré que eso le suceda a Oliver. Tus hijos legítimos...

—Oliver es y será mi único hijo.

Aquellas palabras resonaron por el patio antes de dar paso a un impactado silencio que Louise no fue capaz de romper en un principio.

¿Su único hijo?

—Eso no puedes saberlo. Tal vez ahora sea el único, pero...

—No habrá más niños. Por eso es mi intención reconocer a Oliver como mi hijo y mi legítimo heredero. Será mi único hijo. No puede haber otros.

Louise se le quedó mirando y lamentó que estuviera entre sombras porque no podía ver bien su expresión. Sin embargo su voz le delató, dejándole muy claro lo duro que le había resultado admitir aquello. A cualquier hombre le resultaría difícil.

A ella le latió con fuerza el corazón contra las costillas y sintió los pulmones tirantes por la incredulidad.

—Eso no puedes saberlo —repitió.

—Puedo y lo sé —Caesar hizo una pausa y luego le dijo con tono desapasionado—: Hace seis años, cuando estaba fuera en un proyecto financiado por mi fundación benéfica, se desencadenó un brote de paperas. Desgraciadamente no me di cuenta de que la había contraído hasta que fue demasiado tarde. Los resultados médicos fueron incuestionables. Las paperas me impedirían tener hijos. Como no hay más varones en la familia que puedan heredar el título, tuve que aceptar el hecho de que nuestro linaje moriría conmigo.

No había nada en su tono de voz que dejara entrever lo que debió de significar aquello para él, pero Louise entendió de todos modos lo que debió de haber sentido. Conociendo su historia y el modo de vida siciliano podía imaginar perfectamente el revés que debió de suponer semejante noticia.

—Podrías adoptar —comentó con lógica.

–¿Y que incontables generaciones de Falconari se revolvieran en sus tumbas? Me temo que no. Los hombres Falconari están más acostumbrados a hacerles hijos a las mujeres de otros hombres que a aceptar al hijo de otro hombre como suyo.

–Supongo que te refieres al derecho de pernada –le retó Louise con cinismo.

–No necesariamente. Mis antepasados no tienen fama de haber necesitado forzar a ninguna mujer. Todo lo contrario.

Allí estaban otra vez la arrogancia y el desdén. Pero Louise se vio obligada a reconocer contra su voluntad que sería tremendamente doloroso para un hombre con la historia de Caesar aceptar que no podía tener hijos, y sobre todo un hijo varón.

Como si le hubiera leído el pensamiento, Caesar dijo:

–¿Te imaginas lo que supuso para mí tener que aceptar que iba a ser el primer Falconari en mil años que no tendría un heredero? Y, si lo puedes imaginar, entonces te pido que imagines también cómo me sentí cuando recibí la carta de tu abuelo.

–¿No quisiste creerle?

Cesar la miró fijamente.

–Todo lo contrario. Quería creerle con toda mi alma –tanto que, si Louise no hubiera ido a Sicilia, habría ido a buscarla él mismo aun a riesgo de exponerse al ridículo y al rechazo–. Pero no me permití creerle por si estaba equivocado. Sin embargo, los resultados de la prueba de ADN son concluyentes. Aparte de que Oliver tiene los rasgos de los Falconari.

–Mis abuelos siempre decían que se parecía mucho a tu padre cuando era niño –admitió Louise de mala gana–. Le recordaban de cuando vivían en el pueblo.

–Sin duda entenderás por qué quiero que Oliver

crezca como mi heredero reconocido, y supongo que estarás tranquila en relación a su posición en mi vida como mi hijo legítimo. Nunca tendrá que temer que otro niño le reemplace. Y como sé lo que es crecer sin padres, también puedes estar segura de que seré un padre de verdad para él. Crecerá aquí en el *castello* y...

—¿Aquí? —ella sacudió la cabeza con vehemencia—. Oliver tiene que estar conmigo.

—¿Estás segura de que eso es lo que él quiere?

—Por supuesto que sí. Soy su madre.

—Y yo su padre, como confirma la prueba de ADN. Tengo derechos.

Caesar pudo sentir el creciente pánico que se apoderó de ella. Era como una leona luchando por proteger a su cachorro, reconoció con admiración. Tal vez ahora tuviera problemas con Oliver porque el chico estaba creciendo y necesitaba la guía de un hombre, pero Caesar sabía por las pesquisas que había hecho que era una buena madre. Para pasar de la joven que él recordaba a la mujer que ahora era debió de haber necesitado de mucha fuerza voluntad. A veces los niños necesitaban una madre que entendiera lo que significaba ser vulnerable.

En aquel momento, sin embargo, lo que necesitaba era borrar cualquier atisbo de simpatía que pudiera sentir hacia ella. Oliver era su hijo y estaba decidido a que creciera allí en Sicilia.

—No permitiré que pase parte de su vida aquí y otra parte en Londres. No sería justo para él. Se vería dividido entre nosotros y entre dos vidas distintas —aseguró Louise.

Silencio.

Ella volvió a intentarlo.

—No permitiré que Oliver se sacrifique por una antigua tradición que tú quieres que él cumpla. Es un niño. No sabe nada de ducados ni de la historia de los Falconari.

–Entonces ya va siendo hora de que empiece a apren-der.

–Es demasiado peso para él. No quiero que tenga una infancia como la tuya.

Había arrojado el guante, que ahora permanecía en-tre ellos en medio de un incómodo silencio.

¿Por qué no rechazaba Caesar el comentario? ¿Por qué no decía algo? ¿Por qué se sentía ella tan angus-tiada y asustada? ¿Por qué sentía como si hubiera en-trado en una trampa peligrosa y los muros del patio se estuvieran cerrando sobre ella?

–Entonces estarás de acuerdo sin duda en que la me-jor manera de asegurarse de que Oliver tenga a sus dos padres por igual sería que tú estuvieras aquí con él.

Dijo la frase con calma, pero aquella calma no ocul-taba la firme determinación de sus palabras.

–Eso es imposible. Tengo un trabajo en Londres.

–Y también tienes un hijo que, según tu propio abuelo, necesita a su padre. Pensé que para ti era más importante que tu trabajo.

–Es increíble que tú digas eso cuando la única razón por la que le quieres es porque es tu heredero.

Caesar sacudió la cabeza.

–Al principio, cuando tu abuelo me escribió, tal vez sí. Pero por muy extraño que te parezca, en cuanto le vi, antes incluso de tener los resultados de la prueba de ADN, le quise. No me pidas que te lo explique. No po-dría –se había apartado un poco de ella porque se sentía muy vulnerable, pero sabía que tenía que ser sincero si quería que su plan funcionara–. Lo único que puedo de-cirte es que en ese momento sentí tanto amor, tal nece-sidad de protegerle que tuve que contenerme para no abrazarle.

Sus palabras evocaban lo que Louise había sentido al dar a luz a Oliver.

73

—Por supuesto que mi hijo es más importante para mí que mi trabajo —aseguró con sinceridad.

—El mejor regalo que un padre puede hacerle a su hijo es la seguridad de crecer en una familia en la que estén el padre y la madre —aseguró Caesar sin comentar su respuesta—. Por el bien de Oliver, creo que lo mejor que podemos hacer es darle la estabilidad de unos padres unidos. Y aquí en Sicilia y dada mi posición, eso significa que tienen que estar casados.

Capítulo 5

CASADOS!
El mero hecho de pronunciar aquella palabra le dejó la garganta seca.

–Es la mejor solución, no solo por la situación de Oliver, sino también por la de tus abuelos y el efecto que el pasado ha tenido en la reputación de su familia.

–¿Te refieres a la vergüenza que yo les causé? –inquirió Louise molesta mientras trataba de centrarse en lo que estaba diciendo Caesar y luchaba por contener el pánico.

¿Cómo iba a casarse con él? No podía hacerlo. Era imposible, impensable.

Aunque para él al parecer no, ya que siguió hablando.

–Ahora mismo la gente del pueblo te recuerda como la joven que avergonzó a su familia con su comportamiento. Según nuestras tradiciones, la vergüenza no es solo para ti, sino también para tu familia. Y eso incluye a tus abuelos y a Oliver. Si me limitara a reconocerle como mi hijo legítimo y le convirtiera en mi heredero, la vergüenza dejaría de afectarle a él, pero seguiría afectándote a ti y a tus abuelos. Y eso le haría daño a Oliver. Siempre habría gente que le recordaría lo que hiciste, y en el futuro eso podría afectar su capacidad para ser un duque fuerte. En cambio, si me caso contigo y con ello legítimo nuestra relación, la vergüenza quedaría borrada al instante.

Louise tenía tantas emociones diferentes enfrentadas

en su interior que no fue capaz de ponerle voz a ninguna. Deseaba más que nada en el mundo estar en posición de arrojarle a Caesar a la cara su arrogante proposición y de paso decirle que en su opinión el único que tenía que estar avergonzado era él por haberla humillado públicamente. Él y todos aquellos que habían alentado aquella humillación para tener la oportunidad de juzgar a una joven ingenua de dieciocho años. Pero sabía que sería inútil, porque incluso sus propios abuelos se habían suscrito a los valores de la comunidad y habían soportado estoicamente el estigma de la vergüenza sin quejarse.

—Al ser mi esposa el pasado quedarás atrás para ti. Y también para tus abuelos, y por supuesto, para Oliver —continuó Caesar.

Podía imaginar lo que se le estaba pasando por la cabeza, la batalla entre el amor que sentía por su hijo y el orgullo. Caesar frunció el ceño. Seguía sorprendiéndole lo bien que la entendía, pero no podía negarlo. Sintió la punzada de dolor de aquella vieja cicatriz. Tal vez no estuviera preparado para admitirlo delante de ella, ya que apenas era capaz de admitírselo a sí mismo, pero sabía que no podría escapar nunca del peso de su responsabilidad por la humillación que ella y su familia habían sufrido.

Había permitido que la castigaran porque la facilidad con la que había perdido el control con ella había supuesto un tremendo golpe a su orgullo. Podría haberse quedado en el *castello*. Podría haber retrasado las reuniones que tenía en Roma. Pero no lo hizo. Se alejó de ella y al hacerlo destruyó algo muy especial. Louise nunca sabría cuánto había pensado durante aquellos años en ella y en su culpabilidad. Pero no se lo contaría ahora. El hecho de que no hubiera respondido a la carta que le envió suplicándole su perdón dejaba muy claro lo que ella sentía por él y por su traición.

Casarse con él le devolvería el honor, a ella y a su familia. Pero no le liberaría a él de la culpa que siempre tendría que llevar cargando. Le quedaba claro que Louise quería rechazarle, pero no podía permitir que lo hiciera. Oliver era su hijo, y debía crecer allí. Sabía que le estaba pidiendo un gran sacrificio, y el único consuelo que encontraba al hacerlo era decirse que, ya que no había ningún hombre en su vida ni lo había habido durante muchos años, Louise no buscaba una relación en la que pudiera entregarle su amor a su compañero.

—Me has dicho más de una vez lo importantes que son Oliver y tus abuelos para ti —le recordó—. Ahora tienes la oportunidad de demostrarlo accediendo a mi proposición.

Louise era consciente de que la tenía acorralada. Si se negaba, la acusaría de anteponer sus intereses a los de Oliver y sus abuelos. Pero ya no tenía dieciocho años ni era tan vulnerable. Caesar no tenía todas las cartas en la mano. En cuanto ella regresara al hotel, podía reservar el primer vuelo y una vez en Londres llegar a algún acuerdo respecto a Oliver con sus condiciones, no con las de Caesar.

Al parecer él le leyó el pensamiento, porque le anunció con firmeza:

—Si estás pensando en cometer alguna imprudencia, como por ejemplo dejar el país y llevarte a Oliver, te aconsejo que no lo hagas. Mi hijo no podrá salir de esta isla bajo ningún concepto sin mi permiso.

Louise sintió cómo el corazón se le llenaba de zozobra al darse cuenta de la realidad de la situación. Caesar tenía poder para cumplir su amenaza y ella lo sabía. Pero todavía le quedaba una última carta que jugar.

—Has insistido mucho en que anteponga a Oliver primero, pero tal vez deberías preguntarte si tú no tendrías que hacer lo mismo. Quieres reclamarle como hijo tuyo.

Quieres que viva aquí y crezca como tu heredero, pero no te has parado a pensar en el impacto que supondrá para él saber que eres su padre. No es algo que se le pueda contar de pronto. Llevará su tiempo prepararle para semejante información. Y tal vez, cuando se entere, te rechace.

–¿Animado por ti, quieres decir? Eso sería una venganza al estilo siciliano.

–Yo nunca haría algo así –aseguró ella furiosa–. Nunca utilizaría la felicidad de mi hijo para ganar puntos frente ti. Le quiero demasiado.

–Si es verdad lo que dices, entonces le contarás la verdad cuanto antes. Oliver desea desesperadamente tener un padre. Lo hubiera notado por su actitud hacia mí aunque no hubiera leído la carta de tu abuelo. Estoy convencido de que recibirá de buen grado la noticia de que soy su padre.

Louise contuvo el aliento. Los ojos le brillaban por el desprecio que sentía hacia su arrogancia.

–También creo que cuanto antes lo sepa, mejor. Sobre todo si le decimos también que vamos a casarnos y que en el futuro vais a vivir aquí conmigo –continuó Caesar.

–Y yo creo que estás precipitándote, y que lo estás haciendo por tu bien, no por el de Oliver. Queda muy bien que me digas que vas a salvar mi reputación y por tanto la de mis abuelos casándote conmigo, pero lo cierto es que me estás chantajeando para obligarme a casarme.

–No. Lo que estoy haciendo es tratar de que veas los beneficios que tendría nuestro matrimonio para Oliver. Lo que estoy haciendo es anteponer los intereses de nuestro hijo y sugiriéndote que hagas lo mismo.

–Pero entre nosotros no hay amor. El matrimonio debería estar basado en el amor mutuo –fue lo único que se le ocurrió decir a Louise.

—Eso no es cierto —la contradijo Caesar al instante.

A ella se le paró el corazón un instante y sintió deseos de llorar por la implicación de sus palabras. ¿Acaso esperaba que Caesar asegurara que la amaba?

—Los dos queremos a nuestro hijo —continuó él ajeno a la reacción que habían provocado sus palabras—. Es nuestro deber proporcionarle una infancia de amor y estabilidad, y eso se consigue si los padres están unidos por el amor que sienten hacia él. Los dos nos hemos perdido eso, Louise. Yo porque me quedé huérfano, y tú porque...

Caesar tuvo que apartarse de ella para que no se le notara el impacto que había significado para él averiguar a través de sus pesquisas lo triste que había sido su infancia.

—¿Porque mi padre no me quería? —terminó Louise por él con acidez.

—Porque ni tu padre ni tu madre te antepusieron a sus intereses —le dijo Caesar—. Sé que esto no es fácil para ti, Louise —reconoció—. Pero no eres la única que piensa que el amor y respeto son la base para una relación adulta tan íntima como el matrimonio. Yo comparto esa creencia.

Ahí estaba otra vez. El corazón le latía con fuerza contra la pared del pecho. Como si todavía fuera una joven de dieciocho años vulnerable y completamente enamorada de Caesar.

—Pero los dos sabemos que ese tipo de relación es imposible entre nosotros.

Por supuesto que lo sabían. Caesar nunca la había amado y nunca la amaría. ¿Quería que lo hiciera? No, por supuesto que no.

—Sé lo que sientes por mí —continuó él—. ¿Cómo no iba a saberlo si nunca contestaste a mi carta?

Ahora sí la había desconcertado.

—¿Qué carta? —le preguntó.

Caesar vaciló. Ya había bajado demasiado la guardia, pero ahora que había llegado tan lejos sabía que Louise exigiría una explicación. Y tenía derecho a ella.

–La carta que te envié cuando volví de Roma, disculpándome por mi comportamiento y pidiéndote perdón.

¿Le había escrito una carta? ¿Le había pedido perdón? ¿Se había disculpado? A Louise se le secó la boca. Sabía que no estaba mintiendo, y también supo instintivamente que debió de costarle mucho en su momento y también ahora admitirlo.

–No me llegó ninguna carta –le dijo con voz ronca.

–Te la envié a la dirección de tu padre.

Se quedaron mirándose.

–Supongo... supongo que querría protegerme.

A Caesar se le partió el corazón. Si Louise quería que fingiera creerse eso, entonces lo haría.

–Sí, supongo que sí –mintió.

Caesar le había escrito y su padre no le había dado aquella carta. Por favor, que la quemazón de los ojos no se transformara en lágrimas. Sería demasiado vergonzoso. Se recordó que solo había sido una carta de disculpa, nada más.

–Ahora estamos en el presente, Louise, no en el pasado –afirmó él con tirantez–. Tenemos una responsabilidad con nuestro hijo en común que va mucho más allá de nuestras propias necesidades. Soy consciente de que un matrimonio sin amor es lo último que deseas, pero te aseguro que por el bien de Oliver estoy dispuesto a hacer todo lo necesario para ser a sus ojos un buen marido y también un padre cariñoso.

Un matrimonio sin amor. Aquellas palabras le dolían, pero no podía ignorar la afirmación de Caesar. Tenían que anteponer las necesidades de Oliver. Resultaba irónico que fuera él quien le dijera aquello cuando no había hecho otra cosa que anteponer a su hijo desde el momento en que nació durante muchos años en los que Caesar no supo de su existencia. No dudaba de que Caesar quisiera a su hijo, pero también era cierto que tenía un motivo interesado para desear que formara parte de su vida. Como él mismo había dicho, Oliver era su heredero.

Heredero de un sistema feudal y de unas costumbres que ella detestaba. Sin embargo, Oliver no era ella. Louise no quería pensar en cómo se sentiría su hijo si conseguía mantenerle alejado de Caesar y no se enterara de quién era hasta que fuera adulto. Había mucho de Falconari en Oliver. ¿Quería fomentar esa parte para que fuera tan arrogante y creído como su padre?

No. Solo quería que fuera feliz. Si se casaba con Caesar y se quedaba allí, tendría más oportunidades de guiar a su hijo mientras crecía en la tradición para hacerle ver también los muchos cambios que necesitaba aquel sistema feudal.

Se estaba debilitando, rindiéndose.

—Hablas de ser un buen marido, pero todo el mundo sabe que las mujeres de los Falconari tienen que permanecer en un segundo plano y mostrarse obedientes y dóciles. Yo no puedo vivir así, Caesar. Además, quiero que Oliver crezca respetando a las mujeres y su derecho a la igualdad.

Se detuvo para tomar aliento, pero antes de que pudiera continuar, Caesar la dejó completamente desarmada al responder:

—Estoy totalmente de acuerdo.

—¿De verdad? Pero está mi trabajo, el trabajo por el que tanto he luchado. No puedes pensar que vaya a dejar la profesión para la que tanto me he preparado y que sirve de ayuda a los demás para ser...

—¿La madre de Oliver?

—La duquesa de Falconari —le corrigió ella.

—No, no espero eso. Mi intención es ayudar durante mi vida a que mi gente entre en el siglo XXI. Y tú puedes ayudarme a ello con tu experiencia y tu formación, Louise. Puedes jugar un papel muy importante para cambiar el viejo orden y equipar a los míos para el mundo moderno si decides estar a mi lado.

¿Cambiar el viejo orden? Oh, sí. Cuando Caesar sugirió aquella posibilidad supo que deseaba formar parte de ello.

—Igual que podemos criar juntos a nuestro hijo, podemos liderar juntos a nuestra gente, la gente que algún día será su gente. Tal vez no tenga derecho a pedírtelo, pero necesito tu ayuda para cambiar las cosas por el bien de Oliver. Igual que tú necesitas la mía para asegurarte de que nuestro hijo crezca con el amor de un padre y una madre unidos por su bien. Solo tienes que decir que sí.

—¿Así sin más? Eso no es posible.

—La concepción de Oliver no tendría que haber sucedido y sin embargo ocurrió.

Estaba perdiendo fuerzas otra vez y ella lo sabía. Caesar la tenía tan hechizada que le robaba la capacidad de pensar con lógica. Cuando estaba con él... cuando estaba con él quería seguir estando con él. Pero ¿en un matrimonio sin amor?

Tal vez Caesar no la amara, pero quería a Oliver. Eso no podía negarlo. Fue sincero cuando le habló del amor instantáneo que había sentido por su hijo, un chico que necesitaba desesperadamente a su padre.

El comentario que Caesar había hecho sobre su reputación y su humillación en lo referente a sus abuelos le había llegado al alma. ¿No les debía a sus abuelos y a Oliver hacer lo que Caesar quería?

Siempre había sabido que llegaría un momento en el

que Oliver tendría que conocer la identidad de su padre y las circunstancias que rodearon su concepción. Eso siempre la había preocupado. Por eso se había mostrado tan reacia a contarle lo que había sucedido hasta que fuera lo suficientemente mayor como para enfrentarse a ese tipo de información.

Pero en cualquier caso no iba a rendirse sin luchar.

—Me parece muy bien que digas que mi vergüenza quedará borrada si me caso contigo, pero seguro que habrá rumores sobre el pasado. Siempre he protegido a Oliver de... de lo que sucedió. Cuando sea reconocido como hijo tuyo, la gente hablará aunque te cases conmigo. A Oliver podría hacerle daño lo que escuchara. No puedo permitirlo.

—No tendrás que permitirlo. Cuando anuncie que Oliver es mi hijo y que tú y yo nos vamos a casar, dejaré claro que mi comportamiento durante aquel verano no fue el adecuado, que los celos por el interés que mostraban otros chicos provocaron que no cumpliera con mi deber de protegerte. Diré que cuando te pedí que te casaras conmigo dijiste que no. Eras una joven moderna con sus propios planes de futuro. Tuve que dejarte marchar. Cuando volviste a Sicilia de vacaciones, ambos descubrimos que aquellos antiguos sentimientos seguían siendo muy fuertes, y esta vez cuando te pedí en matrimonio aceptaste.

—¿Harías eso?

Era una oferta generosa que la pilló con la guardia bajada. Una parte de ella no pudo evitar preguntarse cómo sería tener la protección de un hombre como Caesar si la amara de verdad. Pero no debía hacerse esa pregunta, se dijo Louise. La volvía demasiado vulnerable.

—Por supuesto. Si fueras mi mujer, mi deber sería proteger tu reputación.

Claro, por supuesto. No sería a ella a quien protegería ni a quién sanaría de las antiguas heridas que le habían infligido, sino a su posición como su esposa.

—Si tu abuelo estuviera vivo, querría que aceptaras mi proposición por tu bien y por el de Oliver.

—¿Cuánto chantaje emocional piensas hacerme? —le retó Louise.

—Todo el que haga falta —respondió él sin vacilar—. Hay dos maneras de hacer esto, Louise. O de una forma calmada y razonable en la que trabajaríamos juntos por el interés de Oliver o peleándonos por él y provocándole un enorme daño emocional.

—Has olvidado la tercera alternativa.

—¿Cuál es?

—Que te olvides de que Oliver es hijo tuyo y nos permitas regresar a nuestra vida en Londres.

«Como hiciste conmigo», pensó Louise para sus adentros. Al parecer Caesar sabía lo que estaba pensando, porque le dijo con sequedad:

—Nunca me perdonaré por haber permitido que Aldo Barado me convenciera del daño que supondría para ambos que se corriera la voz de que habíamos pasado la noche juntos. Te vio salir del *castello* y dijo que...

—Que no podías permitirte que te relacionaran conmigo, una joven que según él se dedicaba a seducir a los chicos del pueblo.

—Fue el acto de un cobarde, de un hombre incapaz de asumir sus responsabilidades, de un hombre que permitió que otro tomara las decisiones por él.

Y también había sido el acto de un hombre asustado que quería huir a toda prisa de un sentimiento que no podía controlar. Pero eso no podía decírselo. Él mismo había tardado mucho tiempo en admitirlo.

En lo más profundo de su ser, Louise escuchó una voz profesional que le dijo: «Fue el acto de un huérfano de veintidós años que cargaba con una gran responsabilidad y que fue deliberadamente manipulado por un hombre más mayor y poderoso con sus propios intereses que proteger».

Se estaba poniendo en su lugar, algo que había aprendido durante su formación. A mirar tras la fachada y profundizar en lo que había detrás.

—No puedo permitir que le niegues a tu hijo su legado, Louise. Tiene derecho a crecer conociendo sus cosas buenas y sus cosas malas, igual que tiene derecho a rechazarlo cuando crezca si ese es su deseo.

Sonaba tan razonable que le costaba trabajo rebatirle. Sus argumentos sonarían egoístas, como si no estuviera pensando en Oliver.

—Sé que te estoy pidiendo mucho en nombre de Oliver, pero también sé que eres fuerte y que sabrás asumir los desafíos que se presentan.

Qué forma tan sutil de halagarla para socavar su resistencia.

—Si permito que te vayas, ¿crees que eso sería justo para Oliver? —Caesar sacudió la cabeza—. Lo dudo. ¿Qué crees que va a pensar de ti si le niegas el derecho a conocer su auténtico legado y a mí hasta que sea lo suficientemente mayor como para descubrirlo por sí mismo? ¿De verdad estás dispuesta a causarle ese daño solo para mantenerle alejado de mí?

Por supuesto que no. Para ser sincera consigo misma, la idea de un matrimonio sin amor y sin sexo no le importaba. Dada su aparente inclinación a perseguir hombres que nunca le daban amor, había decidido hacía mucho tiempo que era mejor no implicarse emocionalmente. Después de todo, ¿qué patrón aprendería Oliver de las relaciones entre hombre y mujer si veía a su madre denigrándose constantemente para buscar el amor que le era negado?

Si accedía a la proposición de Caesar, estaría en posición de ejercer algún poder en su relación desde el principio y podría proporcionarle a Oliver seguridad emocional durante su infancia.

Y por último, sabía que la idea de que Oliver creciera con su padre y su madre habría hecho las delicias de sus abuelos. Se habían sacrificado mucho por ella, no solo recibiéndola cuando cayó en desgracia, sino también ayudándola a ser una buena madre, apoyándola cuando decidió volver a estudiar y proporcionándoles a Oliver y a ella un hogar maravilloso y lleno de amor.

Louise aspiró con fuerza el aire y se puso de pie apartándose varios metros de Caesar y situándose al sol para poder ver su expresión cuando hablara con él.

—Si accedo a tu proposición, quiero dejar claras ciertas normas respecto a tu actitud hacia mí por cómo podría impactarle a Oliver. Pero más importante que eso es el propio Oliver. Está enfadado conmigo porque no he compartido con él la identidad de su padre, y además echa de menos la influencia masculina de su bisabuelo. A pesar de lo que aseguras, no estás en posición de asegurar que le quieres como a un hijo. No le conoces. No te conoce. Tengo miedo de que, al saber que eres su padre, se cree unas expectativas demasiado idealistas de la relación, y por eso creo que es mejor que Oliver te conozca mejor antes de que le hablemos de vuestro vínculo.

Como esperaba que hiciera, Caesar salió de entre las sombras y se acercó a ella. Pero con lo que no contaba era con la expresión de rechazo de su rostro ante sus palabras. Incluso sus ojos, que eran del mismo tono gris que los de Oliver, parecían más oscuros cuando la miró directamente antes de decir con arrogancia:

—No estoy de acuerdo. Oliver es un chico inteligente. Nos parecemos demasiado como para que no sume dos y dos. Retrasar la confirmación de nuestra relación podría hacerle sentir que no quiero ejercer de padre con él.

Louise pensó en el carácter orgulloso de su hijo y asintió a regañadientes.

—Entiendo lo que quieres decir. Pero ¿qué le diremos de nuestro pasado?

Tenía la respuesta para eso. Como al parecer para todo.

—Que nos separamos por una pelea en la que me dijiste que no volviera a ponerme en contacto contigo y que volviste a Londres convencida de que no querría saber que ibas a tener un hijo.

Louise quiso objetar ante aquella media verdad, pero su lado práctico tenía que reconocer que para un niño de la edad de Oliver esa explicación tan simple sería mucho mejor que aceptar algo emocionalmente más complejo.

—Muy bien —accedió a regañadientes—. Pero antes de decirle nada Oliver necesita tener la oportunidad de conocerte.

—Soy su padre —aseguró Caesar—. Así que ya me conoce a través de los genes y la sangre. Cuanto antes lo sepa, mejor.

—No puedes esperar que le diga a Oliver que es tu hijo y que se lo tome bien.

—¿Por qué no? —preguntó él encogiéndose de hombros—. A juzgar por cómo ha respondido a mi presencia, está claro que desea desesperadamente tener un padre. ¿No puedes entender que tal vez haya algo más allá de la lógica y que ya nos une un lazo de sangre?

—Eres muy arrogante —protestó Louise—. Oliver tiene nueve años. No te conoce. Sí, quiere un padre, pero debes entender que, dada su situación, se ha creado una versión idílica del padre que quiere.

—¿Y quién tiene la culpa de eso? ¿Quién se negó a permitir que entendiera y aceptara la situación real?

—Lo que hice lo hice por su bien. Los niños pueden

ser tan crueles como los adultos o más. ¿De verdad crees que le haría pasar por lo mismo que yo tuve que pasar y por mucho menos motivo? Yo fui la culpable de mi situación. Rompí las reglas. Avergoncé a mi familia. Lo único que hizo Oliver fue nacer.

Caesar se dio cuenta de que quería de verdad al chico al escuchar su fiero tono de voz. Debió de ser duro para ella soportar la condena de la sociedad durante tanto tiempo. En cambio él no tuvo que pagar ningún precio.

–Nos casaremos lo más rápidamente posible. Mis influencias ayudarán a acelerar el necesario papeleo. Creo que, cuanto antes nos casemos, antes podrá Oliver acostumbrarse a su nueva vida aquí en la isla con sus padres.

Louis sintió una punzada en el corazón. Aunque Caesar había dicho que tenían que casarse, estaba tan preocupada con cómo reaccionaría Oliver a la noticia de que Caesar era su padre que había dejado el asunto de la boda a un lado. Sin embargo ahora las palabras de Caesar le habían colocado la complejidad de la situación delante como una barricada.

–No podemos casarnos sin más –protestó–. Tengo un trabajo, compromisos. Mi casa está en Londres y Oliver va al colegio allí. Podemos decirle que eres su padre y que tenemos pensado casarnos. Entonces él y yo regresaríamos a Londres y en unos meses...

–No. Escojas lo que escojas, Oliver se queda aquí conmigo.

Louise sacudió la cabeza.

–Pero tengo responsabilidades. No puedo dejar mi vida para casarme contigo.

–¿Por qué no? La gente lo hace todo el tiempo. Somos dos personas que tuvimos una noche de pasión cuyo resultado fue el nacimiento de un niño –le espetó

Caesar con sequedad–. Nos separamos y ahora la vida nos ha vuelto a unir. Ninguna pareja en esas circunstancias esperaría meses para estar juntos. Y además no creo que fuera bueno para Oliver. Si ya sabe que nos peleamos y nos separamos una vez, podría angustiarle pensar que podría volver a suceder.

–La gente hablará, habrá rumores –Louise sabía que era un argumento débil, pero le había entrado pánico.

Le aterrorizaba casarse con Caesar. ¿Por qué? La joven que no había pensado en protegerse emocionalmente había desaparecido. Ahora era una mujer madura y sin miedo.

–Al principio sí, pero cuando estemos casados y seamos como cualquier pareja que está criando a su hijo se acabarán los rumores. La gente estará encantada de saber que tengo un heredero –Caesar consultó su reloj–. Es hora de que vayamos a recoger a Oliver.

Mientras salían del *castello*, Louise se dijo que lo que le atravesó el corazón era la realidad de lo que se le venía encima y no que Caesar hubiera utilizado el plural.

–Entonces, ¿es mi padre de verdad?

Eran más de las once de la noche. Oliver estaba metido en la cama de la habitación del hotel y tendría que estar dormido, pero estaba completamente despierto y seguía haciendo preguntas sin parar desde que Caesar le anunció que era su padre.

–Sí, lo es –le confirmó Louise por enésima vez.

–¿Y ahora vamos a vivir aquí y os vais a casar?

–Sí, pero solo si tú quieres.

Louise seguía pensando que era mucho mejor darle a Oliver más tiempo para acostumbrarse al hecho de que Caesar era su padre y para que le conociera mejor, pero al parecer Oliver compartía la opinión de su padre al respecto y así se lo hizo saber a Louise.

–Papá y tú os vais a casar pronto y viviremos juntos como una familia, ¿verdad? –insistió.

–Sí –reconoció ella–. Pero va a ser un gran cambio para ti, Oliver –le recordó–. Tienes a tus amigos del colegio en Londres y...

–Prefiero estar aquí con papá y contigo. Además, siempre me están preguntando por qué no conozco a mi padre y se burlan de mí. Me alegro de parecerme a él. El padre de Billy lo dijo cuando nos vio juntos. Me parezco más a él que a ti. ¿Por qué no me lo contaste antes?

–Estaba esperando a que fueras un poco más mayor.

–¿Porque os habíais peleado y él no sabía que yo existía?

–Sí.

Louise le vio bostezar y se dio cuenta de que los acontecimientos del día estaban empezando a hacer mella en él. Apagó la lámpara de la mesilla, se dirigió al pequeño balcón y cerró la puerta tras de sí para dejar dormir a su hijo.

Al ver antes a Oliver y a Caesar juntos tuvo que admitir contra su voluntad que se parecían mucho. No solo en el aspecto físico, sino también en el carácter y en algunos gestos. Pero lo que más le había sorprendido fue que, cuando llegó el momento de despedirse, Caesar abrazó a su hijo con inesperada y absoluta naturalidad. Y Oliver, que normalmente no se dejaba abrazar por ella, le abrazó a su vez.

Durante unos segundos se sintió excluida. Tuvo miedo de que Oliver formara con su padre un lazo tan estrecho que la culpara si trataba de retrasar las cosas. Su hijo era demasiado pequeño para entender que lo único que quería era protegerle de cualquier daño futuro. Pero

Caesar no había abrazado solo a Oliver antes de marcharse.

La noche era calurosa, así que no había motivo real para estremecerse como lo hizo cuando salió al balcón. A menos que se debiera a que su piel recordaba cómo Caesar se había dado la vuelta tras abrazar a su hijo y cómo le había sujetado los antebrazos desnudos bajo el chal que llevaba puesto sobre el sencillo vestido color crema. No tenía mucha ropa elegante. No le resultaba necesario dada su casi inexistente vida social, y el vestido era de algodón sencillo, nada parecido a los glamurosos conjuntos que había visto en otras huéspedes del hotel.

Se llevó las manos a los antebrazos y las deslizó por donde Caesar se las había puesto en el pasillo al acompañarles a la habitación.

Louise sintió cómo se ruborizaba ahora en el balcón. Qué estúpida había sido al cerrar los ojos así, como si... como si pensara que iba a besarla.

Un escalofrío le recorrió la espina dorsal al revivir la sensación de la cálida respiración de Caesar sobre el rostro, el inesperado y suave movimiento de sus pulgares sobre la vulnerable piel de los brazos, la conciencia en todos sus poros de su proximidad y de cómo habría dado cualquier cosa en el pasado por tenerle tan cerca. Y esa era la razón, la única razón por la que había sentido aquella oleada de deseo hacia él. Era una reacción que pertenecía al pasado. Ahora no significaba nada. No podía permitirse que significara algo.

El escalofrío que se apoderó de ella ahora era de desprecio hacia sí misma. ¿Y de miedo? ¡No! No tenía nada que temer de ninguna reacción que pudiera provocarle Caesar Falconari. ¿Y aquel anhelo que le había atravesado el cuerpo de manera tan misteriosa? Una ilusión, nada más. Una reacción al deseo inmaduro de Oliver de que sus padres fueran felices juntos. Durante un segundo su cuerpo había reaccionado al deseo de su hijo y lo había convertido brevemente en una realidad física. Eso no significaba nada. No permitiría que significara nada.

Su matrimonio iba a ser un acuerdo profesional, un pacto por el bien de Oliver. No había nada personal en su relación y así quería que fuera.

Caesar frunció el ceño en la biblioteca del *castello* al mirar los papeles que tenía encima de la mesa. Se los había enviado por fax a primera hora de la noche el discreto equipo de investigadores al que le había encargado indagar en todos los aspectos de la vida de Louise en el pasado y en el presente. Era la madre de su hijo y le resultaba natural querer saber todo sobre ella por el bien del niño.

Le había resultado obvio desde el instante en que la vio en el cementerio que se había producido un profundo cambio de la joven que fue a la mujer que era ahora. Pero no estaba preparado para la verdad desnuda expuesta en pocas palabras que en cierto modo hacían la revelación más insoportable e impactante, mostrando la realidad de lo que Louise había tenido que soportar a manos de sus padres, específicamente de su padre.

El informe se limitaba a exponer los hechos, no los juzgaba. Revelaba que el padre de Louise la había rechazado antes incluso de su nacimiento porque la consideraba un obstáculo para sus ambiciones. Culpaba a Louise de haber nacido, y había seguido culpándola y rechazándola durante toda la vida mientras ella trataba desesperadamente de ganarse su amor.

Al ver la realidad de lo que había sufrido delante de él de una forma que no podía ignorar ni rechazar, Caesar sintió una mezcla de rabia, compasión y culpabilidad. Rabia contra su padre por haber tratado a su propia hija de aquel modo, compasión por la niña que Louise fue y culpa por la parte de responsabilidad que él tenía en su humillación. ¿Por qué no se había tomado la molestia de profundizar más y ver lo que tendría que haber visto en lugar de cerrar los ojos?

¿De verdad tenía que hacerse aquella pregunta? La respuesta era que estaba demasiado furioso consigo mismo por desear a alguien a quien no consideraba digna de su deseo.

Louise había acudido a él buscando una conexión, el lazo que su padre le había negado. Pero Caesar no había querido verlo. La había rechazado porque tuvo miedo de la intensidad de su deseo hacia ella y de los sentimientos que despertó en su interior. No se había parado a mirar bajo la superficie. Igual que el resto de las personas que la rodeaban excepto sus abuelos, había despreciado sus sentimientos.

Caesar tragó saliva para pasar el amargo sabor de sus remordimientos. Se jactaba de cuidar de los suyos, de tomarse su tiempo para escucharles y ayudarles con sus problemas y para ver más allá de lo obvio. Y sin embargo con Louise no lo había hecho, cuando probablemente le hubiera necesitado más que nadie.

Porque la deseaba. Porque había tocado una fibra sensible de su interior que le hacía sentirse humillado, así que la había castigado a ella por su propia vulnerabilidad.

Su comportamiento había sido imperdonable y vergonzoso. No era de extrañar que Louise se mostrara hostil con él.

Pero la realidad era que habían concebido un hijo al que los dos querían. Volvió a mirar el informe. Cuánto valor tuvo que necesitar la joven herida y rechazada que fue Louise para remontar aquella experiencia como lo había hecho. La admiraba por ello. Él la admiraba y ella le despreciaba.

Pero se casaría con él... por el bien de Oliver.

Capítulo 6

Y O OS declaro marido y mujer. Puedes besar a la
novia.

Louise se puso tensa cuando Caesar se inclinó
hacia ella para besarla formal y brevemente en los labios y sellar así su matrimonio.

La ceremonia estaba celebrándose en la capilla privada del *castello* de los Falconari. El obispo, primo segundo de Caesar, había viajado desde Roma para casar-
les. Para sorpresa de Louise, a la boda asistieron varios
dignatarios locales y la prima mayor de Caesar con su
familia, su marido y tres hijos. El más pequeño era solo
un año y medio mayor que Oliver.

Anna Maria y su familia habían llegado tres días antes de que Caesar anunciara formalmente la boda. Para
su sorpresa, Louise tuvo que reconocer que le caía bien
Anna Maria por su humildad. Nunca utilizaba su título
y se había casado con un hombre de negocios que no
pertenecía a la nobleza. Incluso accedió a que Oliver les
acompañara a ella y a su familia a las excursiones turís-
ticas que tenían planeadas durante las vacaciones. Estuvo de acuerdo porque vio lo mucho que Oliver disfru-
taba en su compañía, no porque Anna Maria sugiriera
que Caesar y ella necesitaban pasar tiempo a solas. Lo
último que deseaba era estar a solas con Caesar.

Louise sabía que Caesar le había contado a su prima
la versión oficial de su relación, porque por suerte la otra

mujer no le hizo ninguna pregunta difícil y además aceptó de corazón su llegada y la de Oliver a la familia.

Ahora, con el peso de lo que implicaba estar casada con un hombre de la posición de Caesar, Louise tuvo que admitir lo duro que le hubiera resultado hacer las cosas de manera tan precipitada si no hubiera contado con la ayuda de Anna Maria, que le ayudó a resolver todas las dudas y le sirvió de apoyo cuando lo necesitó.

Louise quería que la ceremonia fuera simplemente una breve formalidad legal, y al principio se enfadó con Caesar por querer hacer algo más multitudinario. Pero él insistió en que era necesario si no quería que pareciera que estaba avergonzado de ella y por tanto disparar el rumor de que podría haber utilizado a Oliver para obligarle a casarse. Aquella insinuación la enfureció tanto que le recordó furiosa a Caesar que era él quien la había presionado para que se casara y no al revés.

Después de aquella acalorada discusión supo que Caesar se iba a salir con la suya después de todo, y que la boda contaría con toda la pompa que él consideraba necesaria para mostrar su orgullo hacia su hijo y su deseo de honrar a la mujer que se lo había dado. Así era como Caesar se lo había explicado. Incluso se empeñó en hacer una declaración pública al respecto, algo que hizo las delicias de Oliver. Su hijo se estaba adaptando a la vida en el *castello* con tal facilidad que Louise a veces se sentía excluida de aquella faceta de la personalidad de su hijo tan parecida a la de su padre.

Caesar seguía sosteniéndole la mano. Se la había tomado cuando se inclinó para besarla formalmente. Louise sintió que empezaba a temblar. Una reacción natural al estrés del día, se dijo para tranquilizarse. No tenía nada que ver con el hecho de que la mano que la estaba acunando fuera la de Caesar. ¿Acunando? ¿Caesar, que en el pasado la humilló públicamente y que ahora solo quería casarse con ella porque era la madre de su hijo?

Caesar frunció el ceño al ver cómo los diamantes y las perlas que componían el escudo de la familia en el velo de encaje de Louise temblaban ligeramente. No había nada en su aparente calma que sugiriera que se sentía vulnerable, no había dicho ni hecho nada que indicara que pudiera necesitar su apoyo. Y, sin embargo, aquel ligero temblor hizo que se acercara instintivamente más a ella. Porque ahora era su mujer, y su deber como marido era protegerla en todo momento. Formaba parte del código de su familia.

Frunció todavía más el ceño al verla más de cerca mientras el obispo pronunciaba la plegaria final. Louise había escogido un vestido de novia muy sencillo de la selección que habían enviado los mejores diseñadores italianos del mundo. Tenía el cuello alto y las mangas largas y era de color crema, no blanco. Aunque podría parecer demasiado austero, en ella quedaba regio y elegante.

Louise había decidido también llevar el largo e intrincado velo bordado con los emblemas y los escudos familiares cosidos a mano por la madre de Caesar y las monjas del convento. Al principio creyó que había sido cosa de su prima, pero Anna Maria le sacó de su error diciéndole que, aunque al principio Louise se mostró reacia a llevar algo tan caro y frágil, había cambiado después de opinión. Dijo que quería que Oliver recordara que se había puesto cosas que formaban parte del legado familiar paterno y materno, ya que también llevaba el bonito broche de esmalte azul de su abuela.

En opinión de Caesar, habría sido mejor que hubiera accedido a ponerse la tiara familiar que él le había ofrecido para asegurar el velo y que no se hubiera negado a aceptar el carísimo anillo de compromiso que le había enseñado. Pero no había sido capaz de hacerle cambiar de opinión al respecto. Esa era la razón, se dijo, por la que ahora pasaba el dedo índice por la solitaria alianza de oro que le había colocado a Louise en la mano, porque le parecía que no estaba bien que solo llevara ese anillo.

Tenía la piel suave y delicada, los dedos largos y las uñas pintadas con discreto barniz rosa pálido. La memoria de Louise sacó de la nada una imagen de sus manos en el pasado. Pero no fue la imagen de esas mismas uñas pintadas de púrpura oscuro lo que le provocó un aluvión de deseo en la parte inferior del cuerpo. Ya era demasiado tarde para borrar el recuerdo que le quemaba el cuerpo: la sensación de aquellos dedos delicados cerrándose sobre su erección acompañados de un jadeo. Recordó que entonces le tembló la mano y luego el resto del cuerpo cuando se inclinó sobre él y le acarició como si nunca hubiera acariciado antes a ningún hombre, haciéndole sentir que a él no le habían tocado nunca tampoco de manera tan íntima.

Caesar trató de contener el aluvión de imágenes pero su cuerpo ya estaba reaccionando a ellas. Recordó lo duro que se había puesto con su contacto, cómo enloqueció con sus caricias delicadas y casi vacilantes, que sin duda eran deliberadamente provocativas. Seguro que Louise sabía lo que estaba haciendo y tenía claro cómo seducirle. Qué furioso se puso al sentir cómo le atormentaba. Con qué intensidad aquel tormento había hecho crecer su deseo hacia ella. Con qué ansiedad la había tomado para castigarla por atormentarle.

El contacto de Caesar sobre la piel le estaba provocando escalofríos, pero Louise no quería estremecerse como si estuviera bajo los relámpagos de una tormenta. Siempre había tenido miedo a las tormentas, desde que su padre se puso furioso cuando corrió hacia él en busca de refugio durante una de ellas. Nunca había perdido el miedo al poder de destrucción de aquellas tormentas por mucho que tratara de racionalizarlo y de decirse que lo que de verdad temía era el rechazo y la rabia de su padre, no a las fuerzas de la naturaleza.

Entonces, ¿de qué tenía miedo ahora? A nada, se dijo. Pero apartó la mano de la de Caesar y la colocó a un lado para ocultar su traicionero temblor. Tembló la noche en que concibieron a Oliver. Tembló de deseo y de temor ante la intensidad de su excitación. Pero sobre todo tembló más tarde por la humillación que Caesar había hecho caer sobre ella. Aquello no volvería a suceder jamás. El pasado quedaba atrás.

Louise hizo un esfuerzo por centrarse en el presente. La capilla privada estaba llena de dignatarios que Caesar había insistido en invitar para que su matrimonio tuviera la aceptación que él quería. En el aire se respiraba el incienso mientras en el órgano sonaba los acordes triunfales que señalaban el momento de enfilar por el pasillo juntos ya como marido y mujer.

Louise se dijo que la única razón por la que seguía temblando se debía a que había estado muy ocupada por la mañana y no había desayunado como debía. Y luego se tomó una copa de champán antes de la ceremonia porque Anna Maria insistió en ello. No tenía nada que ver con el hecho de que el pasillo fuera tan estrecho que Caesar y ella tuvieran que recorrerlo muy juntos.

Pero el suplicio no había terminado todavía. Aún faltaba la celebración oficial, que iba a celebrarse en la elegante y barroca zona de recepción del *castello*, situada en la parte antigua de la construcción.

—Ahora eres duquesa, mamá.

La sonrisa de oreja a oreja de Oliver cuando se acercó a ella era lo único que Louise necesitaba para comprobar cómo había reaccionado su hijo a la boda. Durante aquellos últimos días había ganado tanta confianza en sí mismo y tenía una alegría vital que cada vez que le miraba Louise se sentía feliz. Solo por eso valía la pena cualquier sacrificio que tuviera que hacer, aunque a veces se sentía un poco dolida por la fuerza del vínculo que se estaba forjando entre padre e hijo. Y no podía culpar por ello a Caesar. Temía que fuera demasiado indulgente con Oliver y también que se mostrara demasiado formal y distante con él, pero, para su sorpresa, parecía saber instintivamente cómo relacionarse con su hijo.

Ahora, al ver cómo Oliver salía corriendo para reunirse con los hijos de Anna Maria, Louise tuvo que reconocer que se sentía muy sola. Ojalá estuvieran sus abuelos. A finales de aquella semana se iba a celebrar el enterramiento formal de sus cenizas en la iglesia de Santa María.

Louise se puso tensa al ver que el miembro más anciano del pueblo de sus abuelos se dirigía hacia ella. El jefe Aldo Barado le había dicho a Caesar que no debía volver a verla. La suya fue la voz más áspera y fuerte de las que se alzaron contra ella tantos años atrás. Louise se dio cuenta de que no se sentía precisamente encantado con la idea de presentarle ahora sus respetos como esposa del duque. Aldo Barado tendría ahora casi setenta años.

Aunque se suponía que estaba escuchando cómo uno de sus asesores trataba de convencerle para que no invirtiera más dinero en escuelas para su gente, la atención de Caesar y sus miradas se dirigían constantemente hacia su esposa.

¿Por qué? ¿Acaso sentía que al ser su marido debía protegerla? ¿Porque ahora entendía lo mucho que había sufrido y se sentía culpable de haber formado parte en un momento del grupo de jueces? ¿Porque al ser la madre de su hijo tendría que haber contado con su apoyo público? ¿Porque se sentía orgulloso de ser su marido debido a lo fuerte y valiente que era?

Por todo eso, y porque en lo más profundo de su ser todavía la deseaba.

Tal vez en el pasado una parte de su mente fue capaz de reconocer lo que su naturaleza lógica y su educación rechazaban: que Louise no era la persona que parecía ser.

Observó ahora la naturalidad con la que se relacionaba con los demás, escuchándoles siempre con interés sin presionarles para que terminaran y sonriendo al despedirse. Una esposa así sería un punto a favor para un hombre de su posición. La joven rebelde y contestataria de dieciocho años que él recordaba se había alzado sobre las cenizas del pasado como el ave Fénix convertida en una mujer bella y segura de sí misma.

Ahora, al ver a Aldo Barado acercarse a ella, Caesar se excusó con su asesor y se dirigió hacia ellos con determinación. Era su responsabilidad, su deber inapelable, proteger a su mujer y a su hijo. Y desde luego no iba a dejarla tirada como había hecho su padre.

¿Era lo suficientemente estúpida como para sentir alivio al ver que Caesar se materializaba a su lado unos segundos después de la llegada de Aldo?, se preguntó Louise. En caso afirmativo estaba cometiendo un grave error. Caesar y Aldo estaban en el mismo bando años atrás, y ese bando no era el suyo.

Su alivio se convirtió rápidamente en ansiedad cuando Caesar le pasó el brazo por la cintura y la atrajo hacia sí. El gesto la pilló completamente por sorpresa. Peor todavía: su intento instintivo de mantener el cuerpo alejado del contacto con el suyo provocó que la presión del brazo de Caesar hiciera que se balanceara hacia él como si realmente buscara su abrazo.

¿No era suficiente con que la hubiera obligado a aceptar aquella farsa de matrimonio como para que además la mirara como si de verdad la adorara y no hubiera nadie más en la sala?

Se odió a sí misma por no ser capaz de romper el contacto visual con él y por permitir que la convirtiera en su compañera de aquella pantomima de amor conyugal. Lo peor de todo era que a pesar de saber que Caesar lo hacía para engañar a los invitados, los sentidos de Louise estaban cayendo en la trampa de responder a la mirada de falso deseo de sus ojos.

La impactó profundamente sentir pequeñas punzadas de deseo en todas las terminaciones nerviosas del cuerpo. Y lo que más le afectó fue la certeza de que aquella no era la primera vez que experimentaba esa sensación. Louise sintió una repentina alarma que le recorrió la espina dorsal, pero ya era demasiado tarde. Volvía a tener dieciocho años y estaba en la plaza del pueblo con sus abuelos viendo cómo Caesar hablaba con la gente. Por primera vez en su vida tenía la atención puesta en un hombre que no era su padre y que la afectaba de un modo completamente desconocido para ella.

Le resultó imposible contener un gemido traicionero. Había enterrado aquel momento tan profundamente como si nunca hubiera ocurrido. Deseaba desesperadamente que no hubiera ocurrido. Pero lo cierto era que ahora había quedado al descubierto.

De acuerdo, había sentido por un instante un escalofrío de sensualidad al ver a un hombre guapo. ¿Qué significaba eso aparte de que era un ser humano? Nada. Aprendió enseguida que Caesar no era un héroe romántico al que situar sobre un pedestal y adorar.

—Mi adorable esposa.

El sonido de la voz de Caesar la devolvió al presente. Todo su cuerpo reaccionó en tensión cuando la atrajo hacia sí rodeándole la cintura. Estaba interpretando un papel. Ello lo sabía. Y, si sentía escalofríos, era porque no le gustaba el engaño que se veía obligada a compartir. No tenía nada que ver con el hecho de que estuviera sintiendo la fuerza de su brazo en su parodia de protección. Ella no era en absoluto vulnerable a la imagen que Caesar estaba creando ni a los escalofríos de sensación que provocaba el contacto entre sus cuerpos.

Caesar notó claramente el rechazo de Louise a la respuesta de su propio cuerpo cuando la miró. Años atrás también temblaba como ahora, pero entonces no hizo ningún amago de ocultar la reacción de su cuerpo a él. Al contrario, se abrió a ella y la recibió con ansia.

La culpabilidad ensombreció la reacción de su propio cuerpo. ¿Por qué le afectaba tanto ver que a pesar de que Louise rechazaba aquella respuesta no era capaz de controlarla? ¿Qué le estaba pasando?

Ya no era un niño ingenuo urgido por una necesidad que no podía controlar porque una mujer temblara por él. Tenía asuntos más importantes en los que centrarse. Lo importante ahora era Oliver. Oliver y su futuro. Que su gente le aceptara y también a Louise.

–Tendrás que disculparme, Aldo –le dijo al jefe del pueblo–. Confieso que no puedo soportar perder de vista a Louise ni un instante ahora que nos hemos reencontrado después de tantos años separados.

Caesar se dio cuenta al pronunciar aquellas palabras que eran muy ciertas. Porque, si perdía de vista a Louise, temía que se marchara y se llevara a Oliver con ella.

La voz de Caesar sonó cálida y suave y la miró con ternura sujetándola como si no quisiera dejarla marchar. Muy en el papel que se esperaba de un hombre recién casado que se había reencontrado con su antiguo y perdido amor. Pero por supuesto, pensó Louise, aquello no significaba nada. Y ella prefería que fuera así. Solo tenía que pensar en el pasado y en cómo la había tratado Caesar.

Pero, si el pasado no se interpusiera entre ellos, si le acabara de conocer y no tuviera ideas preconcebidas... eso sí tenía gracia, porque la única razón por la que estaba allí era justamente por una concepción: la de su hijo. Si no existiera Oliver Caesar, no querría tenerla en su vida ni mucho menos se habría casado con ella.

–Tengo que reconocer que esto es toda una sorpresa –respondió Aldo entre dientes–. Aunque no cabe duda de que el niño tiene que ser tuyo.

–Ni la más mínima duda –afirmó Caesar con tono frío.

Tanto que Louise fue lo bastante estúpida como para pensar que quería realmente protegerla.

–Mi duquesa ha sido lo suficientemente generosa como para darme la oportunidad de enmendar mis errores de juicio del pasado –continuó Caesar–. Y dado su carácter generoso, estoy seguro de que sabrá disculpar también a los demás.

Louise abrió los ojos de par en par mientras escuchaba aquella conversación. No se hacía ilusiones respecto a Aldo Barado. Era él quien había extendido el rumor y quien le había causado también problemas con la comunidad de Londres. No hacía falta una carrera universitaria para saber que no se había dirigido a ella para pedirle disculpas por el pasado. Ni mucho menos.

–Soy un hombre muy afortunado –siguió Caesar–. Un hombre orgulloso de tener una mujer así y de contar con el regalo de un hijo.

–Un hijo es sin duda un gran regalo –reconoció Aldo.

–A finales de semana las cenizas de los abuelos de mi esposa serán enterradas en la iglesia de Santa María. Sería una señal de respeto que los habitantes del pueblo en el que crecieron asistieran al evento. Donaré una nueva vidriera en su memoria para reemplazar la que destruyeron las tormentas el año pasado.

No dijo nada más. No hacía falta.

Louise sabía cómo funcionaba la comunidad. Caesar había dado una orden y Aldo Barado la cumpliría. Los habitantes del pueblo natal de sus abuelos acudirían al entierro de sus cenizas y al hacerlo mostrarían el respeto que su abuelo siempre había anhelado. Con unas cuantas palabras, Caesar había logrado lo que ella nunca podría haber conseguido. Tal era su poder. En una ocasión había utilizado aquel poder contra ella. Ahora lo estaba usando en beneficio de sus abuelos. Porque Oliver era su hijo. Eso era lo que le importaba. Nada más y nadie más. Desde luego ella no. Pero a Louise no le importaba. En absoluto.

Esperó a que Aldo Barado se fuera antes de girarse hacia Caesar y decirle indignada entre dientes:

–No hacía falta que aparecieras. Soy perfectamente capaz de enfrentarme a los tipos como Aldo Barado. Tal vez me aterrorizara cuando era una niña, tal vez haya humillado a mis abuelos, pero las cosas son distintas ahora. Y en cuanto a lo que has dicho sobre la ceremonia, ¿de verdad crees que quiero que la gente acuda solo porque les has chantajeado?

–Tal vez tú lo veas así, pero para tus abuelos y los habitantes más tradicionalistas del pueblo es importante.

Tenía razón en lo que estaba diciendo y no se lo podía negar, pero al menos pudo decirle con sequedad:

–Ya puedes soltarme. No hay necesidad de seguir con la farsa. Aldo se ha ido.

–No será el único que nos observará con lupa –le dijo Caesar manteniendo el brazo en su cintura e inclinándose hacia ella como si le estuviera diciendo algo cariñoso al oído–. Los dos estamos de acuerdo en que nuestro matrimonio debe ser considerado una unión por amor por el bien de Oliver. La gente espera ver al menos alguna demostración de ese amor, sobre todo el día de la boda.

Con la mano libre le colocó un mechón de pelo tras la oreja y le clavó la mirada en la boca como si estuviera conteniéndose para no besarla. ¿Cómo era posible que le quemaran los labios como si acabara de hacerlo solo porque la estaba mirando? Louise sintió un nudo en la garganta y el instinto la traicionó.

—No —gimió.

—¿No qué? —la retó Caesar.

—No me mires así.

—¿Y cómo te estoy mirando?

—Sabes perfectamente a qué me refiero —afirmó Louise temblorosa—. Me estás mirando como si...

—¿Como si quisiera llevarte a la cama? ¿No es eso exactamente lo que queremos que la gente piense?

¿Lo era? No recordaba siquiera haber hablado con él del modo en que la estaba mirando, pero es que su mente se negaba a funcionar y le resultaba imposible formular un pensamiento lógico. ¿Qué le estaba pasando? Habían pasado diez años desde que estuvo en brazos de un hombre. Diez años desde la única vez que había experimentado la intensidad del deseo físico que tan ingenuamente había confundido con el amor.

—Estamos casados. Sin duda con eso basta para convencerles de que queremos estar juntos. Después de todo no vamos a... esto no va a ser...

A pesar de su escalofrío anterior, Louise le estaba mostrando lo que de verdad le importaba. Y lo cierto era que no le deseaba, reconoció Caesar. La lógica le decía que debía sentirse complacido porque lo último que necesitaba eran las complicaciones que provocaría una relación sexual entre ellos.

Entonces, ¿por qué en lugar de alegrarse sentía aquella sensación de disgusto? ¿Vanidad masculina? No se consideraba tan superficial. El centro de su matrimonio iba a ser su hijo. Los dos lo sabían. Pero su reacción le hizo pensar en un asunto del que no habían hablado.

–Tal vez no haya sexo en nuestro matrimonio, pero estoy seguro de que estarás de acuerdo en que eso es algo que solo tú y yo deberíamos saber.

–Sí –se vio forzada a reconocer ella con un pequeño escalofrío.

¿Por qué tenía que sentirse tan abandonada solo porque Caesar había señalado lo obvio? Después de todo no quería tener relaciones sexuales con él, ¿verdad?

Por supuesto que no.

–Y ya que estamos hablando del tema, en lo que se refiere a tener relaciones sexuales fuera del matrimonio, creo que por el momento la estabilidad emocional de Oliver debe ser nuestra prioridad. Pienso que el celibato debe ser nuestro modo de vida por el momento. Ya que ninguno de los dos tiene una relación actualmente ni la ha tenido desde hace tiempo...

Louise le interrumpió.

–¿Has estado investigándome? ¿Indagando en mi vida privada?

–Como es natural, quería saber qué clase de hombres podrías haber introducido en la vida de mi hijo como potenciales padrastros futuros –le contestó Caesar.

–¿De verdad crees que correría riesgos con la seguridad emocional de Oliver? La única razón por la que accedí a casarme contigo fue porque eres el padre de Oliver y te necesita. Lo que yo opine sobre ti no importa. Creo que serás un buen padre para él. No como... como mi propio padre.

Louise se apartó bruscamente de él. Estaba hablando demasiado, revelando demasiado, dejando al descubierto su vulnerabilidad.

Fue un alivio ver a Oliver acercarse a ellos acompañado por los hijos de la prima de Caesar. Los chicos se llevaban muy bien. Ver cómo crecía la confianza en sí mismo de su hijo y saber que era feliz hacía que valiera la pena cualquier sacrificio que tuviera que hacer, se dijo mientras escuchaba hablar a Oliver con entusiasmo de la excursión que iban a hacer a un parque acuático nuevo.

Uno de los mejores momentos del día fue cuando el marido de Anna Maria hizo un brindis por ellos y Oliver, que estaba al lado de Caesar, preguntó con expresión encantada:

—Tengo un padre de verdad, ¿no?

Caesar se levantó al instante de la silla para ir a abrazar a su hijo.

—Tienes un padre, Oliver, y yo tengo un hijo. Nada podrá romper esa relación.

Aquellas palabras y la emoción que las acompañaba tocaron un lugar del corazón de Louise que llevaba mucho tiempo resentido por Oliver. Un lugar que ahora estaba empezando a sanarse. Todavía suponía para ella un gran riesgo, un acto de fe confiar en la palabra de Caesar de que querría a su hijo. Pero ¿qué otra opción el quedaba si Oliver deseaba tan claramente que Caesar fuera su padre?

Mientras todos los demás sonreían, Louise se giró hacia Caesar y le advirtió en voz baja:

—Si alguna vez le fallas a Oliver, nunca te perdonaré.

Caesar le dijo en tono igualmente bajo pero firme:

—Si alguna vez le fallo, nunca me lo perdonaré a mí mismo.

Capítulo 7

A H, CAESAR, casi me olvido! Creo que la emoción de la boda ha sido excesiva para tu ama de llaves. Antes de bajar esta mañana a la capilla para la ceremonia escuché a la señora Rossi decirles a las doncellas que prepararan los antiguos dormitorios comunicados de tus padres para ti y para Louise –la prima de Caesar arrugó la nariz y se rio.

Louise se quedó paralizada. Los adultos de la familia estaban en el comedor tomando un leve refrigerio antes de retirarse.

–Muy a la antigua usanza. Aunque claro, era el ama de llaves de tus padres. ¡Como si Louise y tú quisierais habitaciones separadas! Le dije que ordenara a las doncellas que mejor llevaran las cosas de Louise a tu suite. Aparte de todo, tu suite es mucho más moderna y cómoda que esas habitaciones antiguas que ocupaban tus padres –Anna Maria contuvo un bostezo.

Louise tuvo que darle un pequeño sorbo a la copa de brandy que tenía en la mano. Al hacerlo le temblaron los labios contra el cristal. No solía beber, pero las palabras de Anna Maria le habían impactado y necesitaba el calor del licor para liberarse del frío del shock.

–Debéis de estar agotados. Yo lo estoy –continuó Anna Maria ajena a la consternación que había provocado.

Louise deseaba desesperadamente mirar a Caesar para ver cómo se había tomado la bienintencionada interferencia de su prima en su modo de disponer las cosas, pero no se atrevió a hacerlo.

–Los chicos se han dormido en cuanto se han metido en la cama, ¿verdad, Louise? –comentó Anna Maria.

Louise asintió distraídamente con la cabeza.

Cuando hablaron de casarse, Caesar dijo que su matrimonio debía parecer «normal» a ojos de la gente, pero que podían disimular el hecho de que ninguno de los dos quería intimidad sexual ocupando las habitaciones conectadas. Cada una tenía su cuarto de baño, vestidor y salita privada. Hasta la muerte de sus padres habían sido siempre utilizadas por el duque y la duquesa. Las habitaciones necesitaban una nueva decoración, le dijo Caesar cuando se las enseñó, y tenía intención de dejar que Louise se ocupara de la suya. Él se alojaría en su suite mientras se llevaban a cabo las reformas. Louise se mostró de acuerdo con que con esa disposición estarían separados físicamente y al mismo tiempo mantendrían la farsa de que el suyo era un matrimonio normal en todos los sentidos.

Pero ahora parecía que gracias a Anna Maria la disposición de las habitaciones había cambiado y Louise sabía que tendría que esperar a que estuvieran solos en la suite de Caesar para poder dar rienda suelta a lo que pensaba sobre aquel cambio.

Pero cuando estuvieron en la suite personal de Caesar no fue el disgusto por los cambios lo que ocupó sus pensamientos, sino una emoción que la dejó momentáneamente muda al mirar a su alrededor al territorio exclusivo de Caesar.

En su primera visita al *castello* fue Melinda, la novia de su padre, quien insistió en ver la suite privada de Caesar. Bromeó coquetamente asegurando que sin duda tenía la cama hecha con decadentes sábanas de seda negra, y Caesar terminó por dejarles entrar a sus dominios privados.

Louise tenía que admitir que en aquel entonces la simplicidad de la decoración del estudio y el dormitorio adjunto le había resultado aburrida. Más tarde, cuando maduró y aprendió a apreciar el auténtico estilo y la elegancia, llegó a comprender el valor del esquema de los colores.

Las habitaciones privadas de Caesar tenían los paneles de madera pintados de un suave azul grisáceo. Las modernas alfombras que suavizaban el brillo del suelo de mármol eran de un tono más oscuro. Los muebles de cuero modernos rompían el aspecto frío del espacio dedicado a la zona de estar. A ambos lados de la chimenea había estanterías con libros y armarios y bajo una de las ventanas se encontraba un moderno escritorio con un ordenador.

A través de la doble puerta pintada de blanco se podía ver el dormitorio... y la enorme cama de matrimonio con las sábanas abiertas y dobladas y ambos lados, lista para ser ocupada por dos personas.

Louise no pudo controlar su reacción. Un escalofrío le recorrió todo el cuerpo.

En el pasado había compartido aquella cama con Caesar en una ocasión. Le había rogado prácticamente que la llevara allí.

Las sábanas blancas eran de la más fina calidad posible. A un lado de la cama había unas puertas dobles que llevaban a un baño moderno de mármol con bañera de garras. Las puertas del otro lado daban al vestidor.

Louise no quería estar allí. No era bueno para ella. Se sentía demasiado vulnerable, demasiado consciente del pasado y sus consecuencias. Fue allí en aquella habitación, en aquella cama, donde concibieron a Oliver. Fue en aquella cama donde se convenció de que Caesar la deseaba y la amaba a pesar de que todo indicaba lo contrario. Allí se había dejado llevar por un deseo y unas emociones que no había sido capaz de entender y a las que no había podido resistirse.

Vio por el rabillo del ojo cómo Caesar se quitaba la chaqueta del traje que se había puesto para la cena y la arrojaba sin ningún cuidado sobre uno de los sofás de cuero blanco. Al hacerlo, la tela de la camisa se le marcó sobre los hombros. A Louise se le formó un traicionero nudo en el estómago.

Cerró los ojos... y al instante lamentó haberlo hecho porque su cabeza reprodujo imágenes de Caesar arrodillado sobre ella con el torso desnudo y bronceado brillante por el sudor de su deseo masculino. Ella había extendido los dedos para tocarle, y la sensación de su piel bajo las yemas se había quedado grabada a fuego en su memoria para siempre.

¿Cómo era posible que la piel que cubriera aquel cuerpo tan musculoso y fuerte fuera tan increíblemente suave? Latía con la vida que le insuflaba el latido del corazón, un latido al que había respondido el corazón de Louise bombeando al unísono.

Sintió que su corazón recordaba ahora aquel latido. Cuando sintió en aquel entonces su contacto, Caesar echó la cabeza hacia atrás y gimió en su lucha por controlar aquel deseo que ella había tratado desesperadamente de despertar en él. Entonces Caesar la embistió por primera vez.

Cómo había recibido ella aquel acto de posesión, la plenitud de todo lo que había imaginado desde que puso por primera vez los ojos en él y experimentó aquella oleada de sensualidad. Cómo se había glorificado su cuerpo en aquella explosión ardiente de pasión física que la había atravesado.

Era aquella habitación la que estaba haciendo efecto en ella y arrastrándola al pasado. Aquella habitación. Nada más.

—¿Por qué ha tenido Anna Maria que meterse?

Las angustiadas palabras de Louise hicieron que Caesar la mirara.

—Lo ha hecho pensando que actuaba por nuestro bien —aseguró—. Cree que nos amamos y que eso es lo que ambos queremos. Lamento que lo haya hecho, pero es normal que piense que somos dos amantes que han vuelto a reencontrarse y por tanto están deseando estar juntos.

¿Por qué le afectaban tanto aquellas palabras? ¿Por qué le hacían daño y conjuraban pensamientos tan peligrosos y dolorosos?

—Pero cuando ella, su marido y sus hijos hayan vuelto a Roma —continuó Caesar—, podremos volver al plan original.

¿Cómo podía estar tan relajado y despreocupado si ella tenía los músculos del estómago hechos un nudo?

—¡Pero van a estar aquí otras tres semanas!

—La situación es tan desagradable para ti como para mí —comenzó a decir él.

Pero Louise estaba tan asustada por su propia reacción a sus recuerdos como para escucharle.

—¿Ah, sí? —le retó con furia.

La voz de Caesar se endureció al instante cuando le dijo:

—No estarás insinuando que le he pedido a Anna Maria que hablara con el ama de llaves para que te vieras obligada a compartir la cama conmigo.

—No. Por supuesto que no —tuvo que reconocer Louise—. No quise decir eso —admitió—. A nadie se le ocurriría pensar que tuvieras que utilizar algún truco para convencer a una mujer de que se meta en la cama contigo.

—Entonces, ¿qué has querido decir?

«He dicho lo que he dicho porque tengo miedo, porque los recuerdos me han hecho sentirme asustada». No podía decirle aquello aunque fuera la verdad, pero tenía que decir algo.

—Quería decir que sabiendo lo importante que es para ti que la gente crea que somos una pareja que se ama, la idea de que compartamos matrimonio podría haberte parecido bien.

—Lo cierto es que resulta lógico —reconoció Caesar.

¡Lógico! Estaba pensando en lógica mientras ella tenía los sentidos a flor de piel por el miedo.

—Me aseguraste que tendría mi propia habitación —le recordó Louise con pánico.

—Y la tendrás... en su momento. Sin embargo, por ahora me temo que vamos a tener que compartir esta.

—¿Y la cama? ¿Esperas que la compartamos también? —le retó ella incapaz de contener la aprensión.

Cesar frunció el ceño.

—No. Yo dormiré en el sofá.

—¿Durante tres semanas?

—Durante tres semanas. Pero cuando las doncellas vengan a hacer la habitación por la mañana deben pensar que hemos compartido la cama.

Louise asintió con la cabeza. ¿Qué otra cosa podía hacer?

—Ha sido un día muy largo para ti y yo tengo que trabajar un poco —le dijo Caesar dirigiéndose hacia el escritorio.

Sin duda lo que sintió al ver cómo se alejaba no era desilusión. Lo último que deseaba era que Caesar tratara de establecer algún tipo de intimidad física con ella. Aunque estuvieran casados y fuera su noche de bodas, ¿verdad?

Por supuesto.

Louise se dirigió hacia la doble puerta que daba al dormitorio. Estaba a punto de cruzarla cuando escuchó a Caesar comentar con naturalidad:

–Nunca me has contado por qué estabas tan segura de que yo era el padre de Oliver.

Louise se quedó petrificada en el sitio. Lo único que fue capaz de hacer fue darse la vuelta. Caesar la estaba mirando. No sabía lo cruel que estaba siendo, pero ella sí. Y le dolía mucho.

Sabía lo que pensaba y lo que estaba dando a entender. Qué arrogante por su parte dar por supuesto que le había escogido entre un grupo de hombres que podían haber sido los padres de Oliver y juzgarla por ello cuando la realidad era que...

Una oleada de orgullo y de ira surgió de la nada y la atravesó, borrando a su paso la precaución. Antes de que pudiera evitarlo se escuchó decirle con firmeza:

–Lo sé porque no podía haber sido otro más que tú. Sabía que eras el padre de Oliver porque eras el único que podía serlo.

–¿Nunca dudaste de que Oliver fuera hijo mío?

Caesar no sabía por qué la estaba interrogando de aquel modo. Era como si quisiera que... ¿Cómo si quisiera qué? ¿Que le dijera que era el único hombre que ella quería para ser el padre de Oliver? Era un anhelo emocional, sentirse conectado con ella en aquel instante en el tiempo en el que concibieron a su hijo. Era una locura peligrosa desear algo así.

Louise no captó el tono anhelante de su voz. Por el contrario, reaccionó a sus propios recuerdos y a todo lo que había sentido, lo que había sufrido por haberse acostado con él. Y ahora estaba juzgándola una vez más. La ira la urgía a defenderse haciéndole saber lo equivocado que estaba.

–¡No! –exclamó con rabia–. No estaba tomando la píldora y tú fuiste el primer hombre con el que tuve relaciones sexuales.

Caesar tardó unos segundos en asimilar la información que Louise acababa de darle.

—¿Eras virgen? —le preguntó con asombro.

Sabía que estaba diciendo la verdad y sitió una punzada de culpabilidad en el corazón.

¿Cómo era posible que no lo hubiera sabido? De todos los recuerdos que guardaba de aquella noche, ninguno de ellos implicaba que Louise hubiera sido una virgen vacilante y tímida. Se había entregado a él con intensidad y pasión y le había llevado a él al extremo de perder el control. No había actuado como una virgen temerosa. Pero eso no significaba que no hubiera sido su primer amante, se dijo. Simplemente, él no se había dado cuenta. Estaba tan centrado en su conflicto interior que no se había fijado en nada más. La había tomado de forma egoísta. Algo que estuvo tan mal como la forma en que la rechazó vergonzosamente en público más adelante.

La información que le llegó a través de los informes que encargó sobre ella era breve e irrefutable. Desde que regresó a Londres sin que Caesar supiera que estaba esperando un hijo suyo, los detectives no habían sido capaces de encontrar nada que sugiriera que había tenido alguna relación sexual. Antes creía que la vergüenza que había caído sobre ella, unida a la responsabilidad de cuidar de un bebé la habían llevado a cambiar de vida. Ahora se veía obligado a verlo bajo otra luz. ¿Sería por él? ¿La habría llevado lo ocurrido entre ellos a llevar una vida en la que renegaba del sexo?

—¿Eras virgen? —repitió. Tal vez su mente hubiera aceptado la realidad, pero sus emociones eran un torbellino—. Eso no es...

«Eso no es lo que pensé cuando te conocí», iba a decir. Pero ella no le dejó terminar.

—¿Eso no es posible? —terminó por él—. Te puedo

asegurar que sí. Aunque no me importa que no me creas.

—Pero viniste a mí...

—¿Como una seductora dispuesta a entregarse a cualquier chico que se lo pidiera? Sí, no pasa nada. Sé lo que los demás pensaban de mí y cómo me juzgaban. Quería ser popular. Quería ser el centro de atención. Tenía celos de Melinda y del amor que mi padre sentía hacia ella. Buscaba la atención de mi padre. Aprendí muy pronto que la mejor manera de conseguirla era portándome mal, así que me convertí en una chica mala, y las chicas malas no son vírgenes. Me resultaba fácil fingir que era lo que no era y mantener a raya a todos aquellos chicos que pensaban que podían utilizarme mientras mi padre estaba tan enfadado que se veía obligado a vigilarme.

—Pero conmigo sí te acostaste.

Louise se dio cuenta demasiado tarde del lío en el que se había metido. No podía dejar que supiera lo estúpida que había sido, cómo se había convencido ingenuamente de que significaba algo para él.

—Sí. Por ser quien eras.

Caesar frunció el ceño. Louise supo que en cualquier momento empezaría a hacer preguntas que sabía que no podía responder.

—Pensé que, si mi padre creía que tú me deseabas, me vería con otros ojos. Me valoraría. Después de todo, ¿cómo no iba a hacerlo si tú, el hombre más importante del lugar, me deseabas? Había oído hablar a otras chicas del asunto y había visto las suficientes películas como para saber cómo debía comportarse una joven con experiencia sexual.

Caesar se apartó de ella. ¿Por qué no había sabido reconocer lo vulnerable que era? Ya conocía la respuesta. Porque la deseaba.

–Si te hice daño...

Aquellas palabras tan inesperadas atravesaron sus defensas como una dolorosa estocada. Eran lo último que esperaba. Habría sido más fácil protegerse dejando que cargara con la responsabilidad de no haberse dado cuenta de su inocencia, pero no podía hacer algo así y no lo haría.

–No, no me lo hiciste –aseguró con voz pausada–. Quería que sucediera lo que sucedió entre nosotros y te presioné hasta que tú lo deseaste también. Para aquel entonces ya me había convencido de que formábamos parte de un cuento de hadas en el que tú me amabas tanto como yo pensaba absurdamente que te amaba yo. Si mi padre no podía quererme, tú podrías hacerlo. O eso pensaba yo.

No, no le había hecho daño físico. Le había proporcionado un placer más allá de lo imaginable. Y se había sentido querida por primera vez en su vida. Pero eso no podía decírselo a él.

–Por supuesto, no contaba con que tú me rechazaras, ni con la ira de mi padre. Ni mucho menos con quedarme embarazada.

Era mejor tomarse las cosas a la ligera. Todo quedaba ahora en el pasado y quería demasiado a Oliver como para lamentar ni por un segundo haberle tenido. Gracias a él su vida había cambiado.

–Lejos de aprender a quererme, mi padre me rechazó completamente cuando supo que estaba embarazada –continuó–. Tanto mi madre como él querían que pusiera fin a mi embarazo. Me presionaron, pero yo sabía que no sería capaz de hacer algo así. Fue entonces cuando mis abuelos aparecieron en escena. Se portaron maravillosamente bien, fueron más generosos y cariñosos de lo que yo me merecía. Me prometí a mí misma que haría todo lo posible por compensarles de todo el dolor y la vergüenza que les había causado. Por eso es tan importante para mí cumplir la promesa que les hice. Es lo menos que puedo hacer.

–Lo he arreglado todo para que la ceremonia del entierro de sus cenizas se celebre el próximo viernes. Todo el pueblo estará ahí.

–Gracias.

Sin pensar en lo que estaba haciendo, Caesar dio un paso hacia ella.

Louise sintió que el corazón se le detenía dentro del pecho. Si Caesar la estrechaba entre sus brazos ahora, si la besaba... un estremecimiento recorrió su cuerpo.

Al ver a Louise temblar, Caesar se detuvo en seco. No le deseaba. Quedaba perfectamente claro.

–Es tarde –le dijo con sequedad–. Ha sido un día muy largo. Te sugiero que te vayas a dormir.

Louise asintió con la cabeza y cerró las puertas que separaban el dormitorio de la zona de estar. Aquella era su primera noche como esposa de Caesar y la primera de muchas, muchas noches en las que dormiría sola a pesar de estar casada.

Capítulo 8

LO PRIMERO que Louise vio cuando la pequeña comitiva vestida de negro entró en el cementerio de Santa María fue a la gran cantidad de gente del pueblo situada respetuosamente entre los tejos. Al Barado estaba en primera fila al lado del párroco.

Caesar tenía razón. Sus abuelos se hubieran tomado como una gran demostración de respeto la presencia de tanta gente en el entierro de sus cenizas. Y hubieran visto con orgullo que no fuera su nieta la que iba a la cabeza de la pequeña comitiva de duelo, sino el propio Caesar, que llevaba una de las dos urnas ornamentales que contenían sus cenizas. Oliver iba al lado de su padre llevando la otra.

Caminaban del mismo modo y tenían la misma postura. Padre e hijo juntos. Louise iba detrás de ellos siguiendo la tradición de una sociedad en la que en ocasiones a las mujeres ni siquiera se les permitía asistir a los funerales. Detrás de ella, Anna Maria, su marido y sus hijos y las cabezas inclinadas de los habitantes del pueblo.

Ya se había celebrado un funeral formal por sus abuelos en su iglesia de Londres. Hoy solo estaban entregando sus cenizas al descanso eterno. Pero en lugar de dirigirse hacia la zona del cementerio ocupada por los nuevos nichos, Caesar se dirigió para asombro de Louise hacia la impresionante cripta de la familia Falconari. Estaba ya abierta y había flores frescas a ambos lados.

Fue Aldo Barado quien puso voz al asombro que ella no fue capaz de expresar al preguntarle a Caesar:

—¿Van a depositar sus cenizas en la cripta de los Falconari? —la desaprobación quedaba clara en su tono de voz.

—Naturalmente —respondió Caesar ladeando ligeramente la cabeza y dejando muy claro quién mandaba allí.

Louise se dio cuenta de que ella no era la única que había crecido aquellos años. Al mirar atrás ahora, con la ventaja de la madurez, podía juzgar al joven Caesar bajo un prisma diferente. Donde antes vio arrogancia y superioridad, la experiencia la llevaba ahora a preguntarse si su actitud no habría sido parte de la capa de protección que había utilizado para tapar el hecho de que estaba solo en el mundo asumiendo el papel de su padre, un papel que implicaba obtener el respeto de los suyos. Con hombres como Aldo Barado dispuestos a retarle y que tal vez pensaran que no era digno de seguir los pasos de su padre, Louise entendía ahora lo vulnerable que debió de haberse sentido entonces.

Admitirlo la acercaba más a admitir también que para él reconocer que se había acostado con ella habría supuesto una disminución del respeto que inspiraba en su gente. Sin embargo, el Caesar que tenía ahora delante era un hombre completamente al mando de sí mismo y de su destino. Un hombre sin miedo a tomar decisiones y afrontarlas. Un hombre que no temía elevar a una pareja de ancianos que había sufrido una gran vergüenza a la posición que él ocupaba.

—Ahora son Falconari por mi matrimonio con su nieta y porque mi hijo lleva su sangre —le dijo Caesar a Aldo—. ¿En qué otro lugar iban a descansar sus cenizas?

Louise se dio cuenta de que la gente del pueblo estaba impresionada, igual que ella misma. Al enterrar las cenizas de sus abuelos en el panteón familiar les había elevado por encima de cualquier crítica. Como mujer moderna, Louise sabía que debía protestar ante aquella actitud machista y tradicional. Pero como nieta de sus abuelos, consciente de lo que hubiera significado para ellos, no podía. Igual que no podía negar el orgullo maternal que sintió cuando Oliver llevó a cabo los procedimientos que le tocaban sin tener que mirar a su padre más que una vez para guiarse.

Cuando la ceremonia hubo terminado y todo el mundo se dirigió a la plaza del pueblo, donde se había dispuesto un bufé frío bajo la sombra de los olivos que protegían la plaza del fuerte sol.

Las mujeres del pueblo podrían mirarla y sin duda juzgarla, pensó Louise. Pero su reacción hacia Oliver era muy distinta.

—Es igualito a su padre —aseguró una anciana con obvia aprobación—. Un Falconari de los pies a la cabeza.

Oliver era igualito a su padre, era verdad. Y le encantaba estar con él.

—Son muy felices juntos —le dijo Anna Maria a Louise sentándose a su lado en uno de los bancos de madera de la plaza.

Caesar se estaba mezclando con la gente y Oliver estaba a su lado. Louise asintió con la cabeza. Al ver a padre e hijo juntos experimentó una sensación de paz. A pesar de lo que ella sintiera, casarse con Caesar había sido lo correcto para Oliver. Ya no iba con la cabeza gacha ni estaba a la defensiva. Ahora parecía sentirse orgulloso de sí mismo, era cariñoso con ella y e incluso protector. Ahora podía imaginar el hombre que sería algún día bajo la amorosa influencia de Caesar.

Porque Caesar quería a su hijo aunque no la quisiera a ella.

Sintió un dolor en el pecho, como si alguien le hubiera clavado un cuchillo con fuerza. Se llevó la mano a las costillas. ¿De dónde venía aquel dolor? No quería que Caesar la amara. Para eso tendría que amarle ella también y no era así. No debía ser así. La culpa la tenía toda aquella resurrección del pasado, que le devolvía sentimientos que había experimentado entonces. Sentimientos que no tenían cabida en el presente. Sentimientos que no eran reales. Eran como la neblina de la mañana que cubría las cimas de las lejanas montañas, creando un paisaje que en realidad no existía.

¿O sería al revés? ¿Había utilizado la necesidad para ocultar lo que realmente sentía? Sin duda no. Era ridículo pensar que había amado en secreto a Caesar durante todos aquellos años, como si su amor hubiera sido un objeto inerte congelado en el tiempo que hubiera cobrado vida en cuanto él volvió a aparecer.

–Estás un poco pálida. ¿Te encuentras bien?

Al ver aparecer de pronto a Caesar a su lado cuando se encontraba inmersa en unos pensamientos tan aterradores hizo que se retirara más hacia las sombras del olivo.

–Estoy bien –dijo con voz tensa.

Caesar frunció el ceño.

–Pues no lo parece. Supongo que para ti habrá sido un día difícil.

Más difícil de lo que él pensaba y por una razón muy distinta a la que él creía, admitió Louise para sus adentros.

Sí, el entierro de las cenizas de sus abuelos había sido muy emotivo, pero al mismo tiempo había experimentado una sensación de paz por el deber cumplido, por la deuda pagada. No, no era eso lo que la había dejado sintiéndose débil y sola. Era el peligro de los pensamientos que tenía en la cabeza y que se negaban a callarse.

Había sido un día muy largo que acabó dejando un dolor de cabeza que se resistía a irse. Los niños ya estaban en la cama. Oliver se había dormido de hecho mientras le contaba cuánto había aprendido de Caesar aquel día. La propia Louise bostezaba ahora mientras salía del baño para dirigirse a la cama. Caesar seguía abajo hablando con Anna Maria sobre un posible viaje a Roma para que Oliver conociera la ciudad. Sin duda se trataba de una táctica para que pudiera meterse en la cama antes de que él subiera a la suite. Y por supuesto que para ella era un alivio que hubiera hecho algo así, igual que el hecho de que no hubiera intentado seducirla.

¿Acabaría teniendo una amante para saciar aquella necesidad? La fuerte punzada de rechazo que le provocó aquel pensamiento hizo que se quedara paralizada al lado de la cama. ¿Tanto le importaba? Era por el bien de su hijo, porque no quería que creciera creyendo que ese comportamiento resultaba aceptable.

«Mentirosa», se mofó de ella una voz interior.

La cabeza empezó a latirle dolorosamente. Pensó que daría cualquier cosa por una taza de té recién hecho. Había una cocina pequeña pero bien equipada en la sala de estar de la suite que Caesar solía utilizar cuando trabajaba hasta tarde para no molestar al servicio.

La consideración que le tenía la gente que trabajaba para él había sido otra sorpresa, reconoció Louise mientras se ponía la bata de seda a juego con el elegante y sencillo camisón que llevaba puesto y cruzaba la salita hacia la cocina.

Al principio, cuando Anna Maria le dijo que Caesar había solicitado a los mejores diseñadores italianos que enviaran una selección de ropa al *castello* para ella, Louise se sintió tentada a negarse a ponérsela. Después de todo, tenía su propia ropa. Pero entonces recordó que ahora tenía un nuevo papel que representar, un nuevo trabajo en el que tendría que ir vestida adecuadamente como había hecho en su puesto anterior. Había sido moderada en la elección del vestuario, pero Anna Maria incluyó la preciosa lencería que ahora llenaba varios cajones del vestidor de Louise.

Una rápida inspección de los armaritos de la cocina reveló que alguien había pensado en proveerlos de bolsitas de té inglés. La idea de pensar en tomarse uno bastó para aliviarle el dolor de cabeza. Cinco minutos más tarde, cuando salió de la cocina dando un sorbo a su taza de té con un suspiro de placer, se detuvo en seco al ver cómo se abría la puerta de la suite y aparecía Caesar.

A juzgar por el modo en que frunció el ceño, resultaba obvio que su presencia en «su» parte de la suite no era bienvenida.

–Lo siento –se disculpó Louise–. Solo quería una taza de té –empezó a caminar más deprisa y le rodeó–. Gracias por lo que has hecho hoy por mis abuelos –se vio obligada a decir.

–No lo he hecho por ellos.

Caesar habló con sequedad, como si le hubieran arrancando las palabras contra su voluntad y fueran una muestra de debilidad que no quería admitir. Pero eso era imposible. Caesar nunca diría ni haría nada que no quisiera.

¿Por qué lo había dicho? ¿Quería que estuviera al tanto de su debilidad? ¿Decirle que su decisión de abrir la cripta de los Falconari para enterrar allí las cenizas de sus padres era algo que había hecho por ella? ¿Por qué? ¿Para arreglar los errores del pasado o porque quería complacerla? ¿O porque... la deseaba?

Louise se dio cuenta de que había sido una estupidez por su parte pensar que la consideración por sus abuelos era lo que le había llevado a hacerlo.

–No, supongo que no –reconoció con la misma sequedad que había utilizado él–. Después de todo, lo que a ti te importa es el apellido Falconari y su estatus, no mis abuelos.

–Tengo que pensar en Oliver –fue lo único que Caesar se permitió decir.

–Es igualito a ti –dijo ella haciendo un esfuerzo–. He perdido la cuenta de la cantidad de gente que me lo ha dicho hoy.

–Tiene que agradecerte a ti el amor con el que se ha criado.

¿Un cumplido? ¿De Caesar?

–No quería que sufriera lo que yo sufrí en mi infancia –reconoció con sinceridad–. Quería que se sintiera seguro de mi amor y que no temiera nunca perderlo.

–¿Por eso no ha habido ningún amante en tu vida?

Louise le dio un rápido sorbo a su taza de té en un intento de ocultar el shock. ¿Cómo era posible que lo supiera?

–No tengo por qué responder a esa pregunta –le dijo siguiendo camino hacia el dormitorio.

–Pero es la verdad. No ha habido otro hombre en tu vida ni antes ni después que yo.

Era una afirmación, no una pregunta. Y le hizo sentirse vulnerable y con ganas de escapar de él. Pero ¿por qué? Su decisión de llevar una vida sin sexo ni pareja no se debía a él, sino a Oliver.

Al ver que Louise guardaba silencio, Caesar le dijo:

–Cuando supe lo de Oliver encargué algunos informes...

—¿Has pagado a alguien para que me investigue? ¿Para que rebusque en mi vida privada en busca de trapos sucios?

Louise estaba furiosa. Su intención había sido complacerla, pero estaba actuando como si la hubiera insultado.

—No tenía elección —se defendió Caesar—. Un hombre de mi posición...

—Ah, sí, por supuesto. Tu posición. Como es lógico eso debe anteponerse a todo y a todos.

—No es por mí —insistió él—. Es por el bien de mi gente. Oliver será su duque cuando yo muera.

—Sí, lo sé —Louise dejó la taza de té sobre una mesita y se incorporó para enfrentarse a él—. Pero quiero para mi hijo algo más que un título hereditario. La única razón por la que accedí a esta farsa de matrimonio fue porque quiero que Oliver tenga una relación con su padre, una relación...

—Como la que tú nunca tuviste. Lo entiendo. Y te prometo que Oliver nunca tendrá que cuestionarse el amor que siento por él ni mi responsabilidad hacia él. Creo que tú también lo sabes sin que yo tenga que decírtelo. Te conozco lo suficiente como saber que nunca me hubieras permitido entrar en vuestras vidas en caso contrario.

—No recuerdo que me dejaras muchas opciones. Me amenazaste con quitarme a Oliver si no accedía.

—Es mi hijo.

—Nuestro hijo —le corrigió.

Pero sabía que Caesar tenía razón. Oliver era su hijo, y había caído en la cuenta de tan importante hecho durante el poco tiempo que habían pasado juntos padre e hijo. Oliver se había acercado al instante a él, le imitaba, se reía con él. Compartían una intimidad masculina que mostraba lo fuerte que ya era el lazo que les unía. Ya no podría apartar a Oliver de Caesar. Eso lo sabía. Pero seguía enfadada. Muy enfadada.

–¿Y qué más has averiguado con tus pesquisas? –le retó–. Supongo que tu intención era demostrar que no era una buena madre para Oliver.

Si esa fue su intención original, quedó borrada al instante por la compasión y la culpa que sintió al leer en los informes la verdad sobre ella.

–Lo que averigüé –le dijo con sinceridad– fue que soy culpable de un terrible error de juicio. Averigüé que tu padre te había tratado muy mal y que por eso reaccionaste así conmigo.

Palabras sencillas pero que todavía tenían el poder de hacer daño porque resucitaban el miedo que había dominado su infancia: que fuera en cierto modo culpa suya que sus padres no la quisieran, que hubiera algo en ella que la hiciera indigna de su amor.

–No quiero tu compasión –le dijo con rabia–. En una familia disfuncional nunca se puede culpar solo a una persona. Como sin duda sabes, mi padre se vio obligado a un matrimonio y una paternidad que no deseaba. No es de extrañar que me rechazara.

La mirada de sus ojos le desafiaba a que siguiera discutiendo. Tenía mucho orgullo y mucha fuerza, y al mismo tiempo era muy vulnerable. Caesar sintió ganas de acercarse a ella y decirle...

¿Decirle qué? ¿Que quería darle a su matrimonio una oportunidad real? ¿Que la deseaba? ¿Que nunca la había olvidado? ¿Que una parte de él se había quedado atrapada en el deseo aunque lo negara?

Ajena a los pensamientos de Caesar y envolviéndose en el orgullo para protegerse, Louise continuó hablando.

–Tal vez, si me hubiera portado mejor, si hubiera sido una niña menos difícil y no le hubiera avergonzado, las cosas serían distintas.

Era difícil librarse de las antiguas costumbres, y a

pesar de su formación Louise supo que estaba cayendo en su antiguo papel de proteger a su padre a costa suya.

Caesar estaría de acuerdo con sus palabras, por supuesto. Recordaba la mirada de furia masculina y de vergüenza que había intercambiado con su padre aquella fatídica mañana. Eran dos hombres compartiendo su deseo de no tener nada que ver con ella.

–En lo que a ti respecta, tu padre debería avergonzarse de sí mismo. Y yo también.

Aquellas duras palabras de condena hicieron que Louise se girara para mirarle directamente. Era lo último que esperaba oír de él y se sentía confundida. Por un lado la hacía ponerse a la defensiva y por otro provocaba en ella el peligroso anhelo de creer que realmente le importaba lo que le había sucedido... aunque sabía que no era así.

–No quiero seguir hablando de este asunto.

Lo cierto era que no podía hacerlo por temor a ponerse en evidencia. Apartándose de Caesar, se dirigió hacia el dormitorio cruzando las puertas abiertas. Pero él se lo impidió colocándose delante de ella y bloqueándole la salida.

–Louise.

Ella sintió el latido de su corazón. Estaba tan cerca que era consciente de todo en él, sobre todo de cosas de las que no quería ser consciente: su virilidad, el aroma de su piel, el anhelo que le provocaba su cercanía.

Trató de pasar por delante de él pero se lo impidió sujetándola, y entonces la sostuvo entre sus brazos y la besó con firmeza y decisión, casi como si estuviera reclamándola. Y ella le devolvió el beso permitiendo que la estrechara con tanta fuerza que sintió los duros músculos de sus muslos y su erección. Dejó que le deslizara las manos bajo la bata para acariciarle la espada desnuda.

Un deseo arrebatador e irresistible se apoderó de ella. Abrió los labios bajo la dura y cálida presión de los suyos, su lengua buscó ansiosamente la recordada sensualidad de la suya, todo su cuerpo se estremeció cuando la lengua de Caesar se introdujo profundamente en la caverna de su boca. La parte inferior de su cuerpo comenzó a latir con el mismo pulso urgente que sentía en la erección de Caesar. Quería abrazarle, tocarle, poseerle como había hecho tantos años atrás. Quería acariciarle la piel con las yemas de los dedos y con los labios y que él la acariciara del mismo modo.

Un deseo que ahora le resultaba imposible controlar había surgido de la nada para arrasar con todo lo que se encontraba en su camino. Todo lo que creía saber quedó olvidado cuando la pasión que solo él podía despertar se apoderó de ella.

–Louise...

Qué salvaje y dulce sonaba su nombre en sus labios. Como si fuera la única mujer que deseaba, la única a la que podría desear jamás. Era un sonido que alimentaba las descontroladas llamas de su deseo.

Caesar le deslizó la bata por los hombros, le bajó uno de los tirantes del camisón y le besó la loma del hombro mientras le acariciaba con las yemas de los dedos el erecto pico del pecho que había quedado descubierto. Habían pasado casi diez años desde que la tocó por primera y última vez y sin embargo el cuerpo de Louise recordaba cada sensación que había despertado en ella.

Al sentir su boca cubriéndole el pezón soltó un agudo grito de placer. Aquello era lo que había temido y anhelado durante tanto tiempo. Aquellas sensaciones y Caesar. Solo Caesar. Y ahora era demasiado tarde para detener lo que estaba sucediendo, lo que ella tanto deseaba que sucediera.

Cuando Caesar apartó la boca del pezón para mirarla

profundamente a los ojos, Louise extendió las manos y le desabrochó los botones de la camisa emitiendo pequeños gemidos de placer al sentir su piel bajo las manos. Al principio le tocó con inseguridad, pero al ver cómo apretaba las mandíbulas y contenía un gemido de excitación se volvió más audaz. Era justo que Caesar experimentara lo mismo que ella, que la deseara como ella a él. Era justo que elevara la tensión sexual y saciara el hambre que sentía el verle y tocarle.

Una cálida e inmediata oleada en respuesta la llevó a disfrutar de lo que pudiera antes de que Caesar volviera a rechazarla una vez más. La voz interior la urgía a ser cauta, advirtiéndole de que iba a resultar herida. Pero la ignoró. Su cuerpo aplastó cruelmente todo lo que amenazara con interponerse en la satisfacción de aquel deseo que llevaba tanto tiempo conteniendo.

Fue el instinto y no la experiencia lo que la llevó a inclinarse hacia delante para trazarle la línea del cuello con los labios. Todo el cuerpo le tembló al aspirar el afrodisíaco aroma de su cuerpo desnudo. Le deslizó audazmente las manos por el torso y las apoyó en el cinturón. El corazón le latió con fuerza cuando muy despacio, centímetro a centímetro, se entregó a la urgencia de conocerle más íntimamente. Después de todo, Caesar podría pararla si quería.

Entonces se olvidó de todo excepto del tirón en su más profunda sexualidad causado por lo que estaba haciendo. Sintió bajo las yemas de los dedos el vello púbico inesperadamente suave. El pulso de su erección era un reflejo del que dominaba el cuerpo de Louise.

–Caesar...

Fue apenas un susurro, pero bastó, porque la llevó hasta la cama y se quitó la ropa antes de desnudarla a ella y quedarse ambos desnudos, vestidos únicamente con el sensual calor de su mutuo deseo.

El beso de Caesar le tomó la boca poseyéndola, arrancándole la dulzura de una respuesta que no podía contener. Le cubrió los senos con la mano, moldeándolos y atormentándola hasta que gimió de placer.

En respuesta, Caesar levantó la boca de la suya para recorrerle con besos la línea del cuello y detrás de la oreja, donde su contacto la hizo estremecerse. Entonces siguió por el hombro y el seno, atormentándole con la lengua el ya sensible pezón con su sensualidad.

–No puedo seguir soportándolo –protestó ella.

Caesar alzó la vista para mirarla.

–Ahora ya sabes lo que yo sentí cuando me tocaste antes –le dijo con tono sensual–. Ahora sabes lo mucho que me excitas y cuánto te deseo.

La estaba besando por todo el cuerpo. Louise ya tenía el sexo henchido y húmedo, pero ahora le latía con una urgencia que la llevó a ponerse la mano en un instintivo intento de calmarlo.

Pero resultó inútil. Caesar ya la estaba besando a través de los dedos extendidos, mordisqueándole eróticamente la tierna piel de entre los muslos.

El incremento de su propio calor la hizo gritar, incapaz de protestar ni de resistirse cuando Caesar le retiró la mano y le abrió los labios del sexo.

¿Cómo era posible que una caricia tan delicada de las yemas evocara una respuesta tan descontrolada e intensa que la llevó a gritar por él, a retorcerse por el placer que le estaba provocando? ¿Cómo era posible que aumentara todavía más el goce hasta que la llevó a suplicarle que no siguiera atormentándola de aquel modo sin aliviarla?

Sintió la caricia de la punta de su lengua en la húmeda apertura entre los labios sobre el clítoris. Caesar ignoró los gritos que la llevaron hacia un clímax tan intenso que la dejó sin fuerzas mientras la hacía suya y reclamaba su amor.

Porque amaba a Caesar.

Le amaba con toda su alma.

Louise se quedó paralizada al instante y apartó con fuerza a Caesar. Le temblaban las manos mientras buscaba la ropa y le ignoró mientras salía corriendo hacia la privacidad del cuarto de baño y cerraba la puerta tras de sí. Se apoyó en aquella puerta con el corazón latiéndole tan fuerte que pensó que le iba a estallar dentro del pecho.

Una sensación de peligro se apoderó de ella ahora que ya era demasiado tarde. No debía amarle. Nunca debería haber permitido que la tocara, y mucho menos que la llevara a la cama. Si no hubiera salido huyendo, habría terminado humillándose al decirle que la amaba, de eso estaba segura.

Al otro lado de la puerta podía oír a Caesar llamándola, insistiendo en que saliera del baño.

—No —le dijo—. No tendrías que haberme tocado. Eso no formaba parte del acuerdo.

Tenía razón y Caesar lo sabía, pero en aquel momento la deseaba tanto que la intensidad de su propio deseo había supuesto un shock. Y no había sido el único que lo había experimentado.

—Me deseas tanto como te deseo yo —insistió.

—No —lo negó Louise aunque sabía que estaba mintiendo.

Era cierto. Todavía amaba a Caesar. O mejor dicho, se había enamorado del hombre en el que se había convertido. Pero amar a Caesar la hacía vulnerable porque no era correspondida.

En el dormitorio, Caesar recogió la bata que Louise había dejado atrás. El aroma de su cuerpo le inundó las fosas nasales al hacerlo. Su cuerpo era una auténtica tormenta de deseo por ella. Y ella también le deseaba aunque lo negara.

Le deseaba, pero nada más. Caesar temía que hubiera algo más que deseo sexual en lo que él sentía por Louise. Y ese algo era amor. El amor que había negado durante años sentir por ella. El amor que no podía seguir negando.

Capítulo 9

EGURO que no cambiarás de opinión y vendrás con nosotros a Roma, Louise? Aún hay tiempo. Podemos retrasar la salida mientras haces el equipaje.

Eran las dos de la tarde y estaban todos reunidos en el vestíbulo: los niños, Anna Maria, su marido y Caesar, a punto de salir hacia el aeropuerto para tomar un jet privado que les llevaría a Roma para un breve viaje de tres días.

–No, de verdad, no puedo –le dijo Louise a Anna Maria–. Tengo que preparar unos informes y enviarlos a Londres.

No era una mentira completa, pero Louise sabía que a sus antiguos jefes no les importaba que se tomara su tiempo para escribir los informes finales. Lo cierto era que no quería viajar a Roma por Caesar. Eso significaría que estaría cerca de él, tanto en el viaje como en la propia ciudad, aunque Caesar había reservado alojamiento para los tres.

Tal vez para él fuera fácil interpretar el papel de amante esposo en público, pero para ella no. Cada vez que estaba cerca de ella su cuerpo reaccionaba como si estuviera poseída por una fuerza que no podía controlar. Y esa fuerza era el amor. ¿De verdad había accedido a casarse con Caesar solo por el bien de Oliver? Le resultaba vergonzoso sentir eso por él, como le resultaba vergonzoso que la hubiera juzgado mal y luego la hubiera rechazado. No quería volver a ser jamás la chica que fue, la que suplicaba que la tomara y que la amara. Ahora tenía que pensar en Oliver. Sí, tal vez Oliver quisiera llevársela a la cama cuando no tuviera algo mejor que hacer, pero ella quería algo más. Quería su amor.

Estaba claro que a Caesar no le había gustado su negativa a acompañarles a Roma. A juzgar por cómo la estaba mirando ahora, Louise tenía la sospecha de que sabía que estaba poniendo una excusa para no ir debido a él. Pero ¿sabría por qué había necesitaba poner excusas? Confiaba en que no.

Solo habían pasado tres días desde que descubrió para su asombro que le amaba, pero habían supuesto un tormento y ella había hecho todo lo posible por mantener la distancia entre ellos.

Su actitud en la noche de su descubrimiento le había demostrado lo vulnerable que era a su presencia y a su contacto. No podía confiar en no revelar sus sentimientos, igual que no podía prometer que no respondería a él si decidía volver a acercarse.

¿Cómo había sucedido? ¿Cómo era posible que se hubiera enamorado de él y ahora pasara las noches tumbada en la cama muerta de deseo y al mismo tiempo de miedo a revelar aquel deseo porque sabía que nunca podría corresponderle?

—Bueno, si estás segura...

—Lo estoy —le confirmó Louise a la prima de Caesar abrazándola con cariño.

Se sintió reconfortada cuando Oliver se acercó a abrazarla también. Estaba en la edad de sentirse avergonzado con las demostraciones públicas de amor maternal, pero desde que Caesar entró en su vida se mostraba mucho más cariñoso hacia ella.

—Siento que no vengas con nosotros, mamá —le dijo.

—A tu padre y a ti os vendrá bien pasar un tiempo juntos —aseguró Louise forzando una sonrisa tranquilizadora.

–Muy noble por tu parte –murmuró Caesar con ironía cuando le tocó a él despedirse–. O al menos lo sería si no me quedara claro que lo que te motiva es mantenerte alejada de mí, no que pase más tiempo con Oliver.

–¿Me culpas?

–¿Por haberte mostrado que eres mujer además de madre?

–Está claro que sois recién casados. Mira cómo os susurráis cosas bonitas el uno al otro –se burlón Anna Maria.

Caesar tenía la cabeza inclinada hacia la suya y le sostenía los antebrazos, impidiéndole moverse. La besó con suavidad, fue un mero roce de sus labios sobre los suyos. Pero a Louise le tembló la boca bajo la suya y tuvo que hacer un esfuerzo por no abrir los labios y rodearle el cuello con los brazos.

Si no la soltaba en aquel instante, terminaría llevándosela a la cama, reconoció Caesar. Y una vez allí le haría el amor hasta que admitiera que le deseaba tanto como él a ella. Pero hizo un esfuerzo por soltarla y dio un paso atrás.

Para él había sido una sorpresa descubrir cuánto la deseaba. Tenerla otra vez en sus brazos le había trasladado directamente a aquella primera vez. Un deseo salvaje se había apoderado otra vez de él ahora igual que entonces. ¿Por qué? ¿Por qué tenía aquel efecto en él solo ella entre todas las mujeres? Sin duda solo el amor podía despertar tanto deseo en un hombre.

¿El amor? Era un ser humano maduro y racional. Sin duda resultaba imposible que se hubiera enamorado de una joven que representaba todo lo que no le gustaba y que hubiera seguido amándola sin saberlo durante tantos años solo porque su cuerpo nunca había dejado de desearla.

Pero ¿había olvidado la fuerte puñalada de emoción que sintió al leer la carta del abuelo de Louise? ¿La certeza instintiva de que lo que estaba leyendo era real, y no solo porque podía significar que tenía un hijo? Louise tendría que haber sido la última mujer a la que quisiera tener como madre de su hijo, pero lo que había sentido fue una intensa alegría.

Louise. Se giró para mirarla, pero ella ya se había apartado, rechazándole como había hecho en el dormitorio. Rechazándole aunque su cuerpo le había dejado ver que le deseaba.

Caesar avanzó un paso hacia ella. Le costaba trabajo marcharse. Pero entonces Oliver le urgió.

–Vamos, papá.

Entonces se dio la vuelta hacia el pequeño grupo que le esperaba.

Louise compuso una sonrisa mientras se despedía de los dos coches y se quedó allí de pie hasta que desaparecieron de su vista.

Se tardaba más de una hora en llegar al aeropuerto. Caesar llevaba en el coche a Oliver y al hijo de Anna Maria más cercano a él en edad, mientras que su prima y su marido llevaban a los otros dos chicos. Oliver iba charlando alegremente con Carlo en la parte de atrás del coche cuando de pronto Carlo soltó un grito para llamar la atención de Oliver sobre las nubes oscuras que se estaban formando en las montañas que quedaban detrás de ellos.

–¡Mira eso! Significa que va a caer una tormenta muy fuerte sobre el *castello*. ¿Verdad, tío Caesar? Con muchos rayos y truenos.

Caesar miró de reojo por el espejo retrovisor y se dio cuenta de que Carlo tenía razón. El *castello* estaba en el camino de la tormenta que se estaba formando en las montañas.

—¿Te acuerdas el año pasado, cuando cayó un rayo sobre ese árbol? —sin esperar a que Caesar respondiera, Carlo se dirigió a Oliver—. Dio mucho miedo, y el tío Caesar nos dijo que a veces los rayos caen sobre el propio *castello*. Me encantaría verlo, ¿y a ti?

Oliver había palidecido, pero se las arregló para asentir con la cabeza. Ya habían llegado al aeropuerto, y Caesar frunció el ceño mientras se dirigía a la zona de recepción de los jets privados. Estaba claro que su hijo tenía miedo a las tormentas. Quería tranquilizarle, asegurarle que no había nada de que preocuparse. Ese tipo de tormentas tenían lugar en aquella época del año, aunque solo en las montañas. Pero no quería hablar del miedo de Oliver delante de Carlo.

En cuanto detuvo el coche y los niños se bajaron le puso una mano en el hombro a su hijo en gesto protector mientras Carlos se unía a sus padres.

—No hay que tener miedo a la tormenta, Oliver. No nos afectará —dijo en voz baja.

—No es a mí a quien me asusta —se apresuró a decirle el niño—. Es a mamá. Odia los relámpagos y los truenos.

¿Louise tenía miedo a las tormentas? El deseo que sintió de protegerla le confirmó lo que ya sabía respecto a sus sentimientos hacia ella.

—Estará perfectamente a salvo en el *castello*. Lleva mucho tiempo en pie y ha sobrevivido a muchas y terribles tormentas —le aseguró a Oliver.

Pero el niño no parecía más tranquilo. Tenía la cabeza inclinada.

—Pero mamá se asusta mucho. Trata de fingir que no pasa nada pero sé que tiene miedo. Lo sé porque una vez...

—¿Una vez qué, Oliver?

Su hijo parecía tan angustiado que Caesar supo que tenía que llegar al fondo de su preocupación.

–Se supone que no debo decir nada. Mamá no sabe que la vi ni que lo sé, y el bisabuelo me hizo prometer que no diría nada. Pero contártelo a ti es distinto, ¿verdad? –preguntó Oliver alzando la cabeza para mirar directamente a su padre.

–Sí, es completamente distinto porque ahora es mi responsabilidad cuidar de tu madre. Mucha gente le tiene miedo a las tormentas, ¿sabes? No es nada de lo que avergonzarse. Puedo llamar al *castello* y asegurarme de que de cierren las contraventanas para que tu madre no vea la tormenta. ¿Crees que eso ayudaría?

Oliver negó con la cabeza.

–Puede que sea peor. Hubo una tormenta terrible en Londres hace dos años y mamá estaba muy asustada. Temblaba y lloraba, y la bisabuela estaba sentada en su dormitorio con ella abrazándola. El bisabuelo me dijo que no le dijera nada a mamá. Me contó que tenía miedo por algo que le pasó cuando era pequeña. Un rayo cayó sobre un árbol cuando estaba jugando en el jardín y entró en casa llorando. Su padre se enfadó con ella porque estaba ocupado, y al ver que no dejaba de llorar la encerró en un armario que había debajo de las escaleras y la dejó allí hasta que pasó la tormenta. El bisabuelo me dijo que desde entonces a mamá le daba terror estar sola durante una tormenta.

Caesar cerró brevemente los ojos mientras estrechaba a su hijo contra sí. Qué crueldad hacerle algo así a una niña asustada y vulnerable.

–Pero mamá no va a estar sola en el *castello*, ¿verdad?

–No, Oliver. No lo estará.

Caesar soltó a su hijo y se acercó a su prima.

–Tengo que volver al *castello* –se apresuró a decirle–. Vosotros id a Roma. Oliver os acompañará.

–Quieres convencer a Louise para que cambie de opinión, ¿verdad? –Anna Maria sonrió–. Ya me he dado cuenta de que no querías irte sin ella. Ve y no te preocupes por Oliver. Estará muy bien con nosotros.

Caesar asintió y volvió al lado de su hijo.

–Voy a regresar al *castello* para asegurarme de que tu madre está bien. Tú ve a Roma con Anna Maria.

–No le dirás a mamá que te lo he contado, ¿verdad? –preguntó Oliver angustiado.

–No, no lo haré –le aseguró Caesar abrazándole con fuerza antes de volver al coche.

Delante de él las nubes de tormenta ocupaban el horizonte oscureciendo el cielo. Los destellos de los relámpagos acompañaban el distante sonido de los truenos.

Aunque había tratado de telefonear al *castello,* no obtuvo respuesta. Era normal que aquellas tormentas tan fuertes afectaran a la red eléctrica y a la red de los móviles. A él le gustaba la magnificencia de aquellas tormentas, pero eso no significaba que no pudiera entender el terror de Louise, sobre todo después de lo que Oliver le había contado. Cuanto más sabía de su padre más le despreciaba.

Al pensar en el miedo que debía de estar pasando Louise pisó con más fuerza el acelerador.

La tormenta parecía haber surgido de la nada. El cielo azul se transformó primero en gris y luego en negro en las montañas, pero hasta que no escuchó el primer trueno Louise no empezó a sentir miedo de verdad.

Se movió de habitación en habitación y miró por cada ventana, sobre todo por aquellas que daban a las montañas. El pulso le latía con fuerza y la adrenalina del miedo le atravesaba el cuerpo. Tenía la boca seca y el estómago vuelto del revés por las náuseas. En el salón vio al ama de llaves que se dirigía en dirección contraria.

–Voy a subir a descansar –le dijo Louise.

–Me aseguraré de que nadie la moleste –aseguró el ama de llaves suspirando al escuchar otro trueno–. Estas tormentas son muy violentas y ruidosas –añadió antes de seguir su camino.

Su miedo la hacía sentirse avergonzada y culpable, reconoció Louise. Así era como su padre le había hecho sentir tantos años atrás, cuando un rayo atravesó un árbol en el jardín y ella entró gritando en casa.

Su padre estaba trabajando, y cuando trató de correr hacia sus brazos para que la protegiera, él se enfadó y la apartó diciéndole que dejara de montar tanto escándalo. En lugar de detener sus lágrimas de pánico, su negativa a consolarla unido al destello de un relámpago al otro lado de la ventana la llevó a gritar de miedo. Estaba medio histérica cuando su padre perdió la paciencia y la arrastró hacia el armario que había debajo de la escalera. La metió dentro y cerró la puerta con llave diciéndole que no saldría de allí hasta que supiera controlarse. Cuando por fin la liberó, su padre le dijo que su actitud era ridícula para una niña de ocho años.

La experiencia la había dejado con un miedo terrible a las tormentas y también a su reacción a ellas. Su padre se había enfadado mucho con ella por su histerismo. No podía volver a reaccionar así nunca más. A pesar de toda la terapia que había recibido, no había conseguido superar el miedo a su reacción a las tormentas. Por eso trataba de evitarlas. Pero, si tenía que enfrentarse a ella, curiosamente lo que necesitaba era un lugar oscuro y cerrado donde poder esconderse para que nadie la viera venirse abajo. El único lugar que se le ocurría en el *castello* era la suite de Caesar.

Mientras subía las escaleras y recorría la larga galería llena de ventanas, Louise tuvo la sensación de que los relámpagos saltaban de ventana en ventana burlándose de ella mientras trataba de controlarse para no salir corriendo. Sabía que escuchar los truenos tan cerca y ver los rayos rompiendo la creciente oscuridad del cielo no le ayudaría. Y sin embargo no podía apartarse. Tenía la vista clavada en el espectáculo exterior, observando cómo la tormenta se acercaba.

El salón de la suite olía a la colonia de Caesar, y aquello la distrajo momentáneamente al inhalar el aroma y tratar de no desear que estuviera allí. No, por supuesto que la reacción de Caesar ante su debilidad no sería distinta a la de su padre. No podía imaginar a Caesar mostrándose tolerante ante semejante vulnerabilidad.

Louise vio desde la ventana del salón cómo las luces del patio parpadeaban y luego se apagaban antes de cobrar vida de nuevo antes de extinguirse por un relámpago que atravesó la oscuridad. Vio su reflejo en el espejo del salón, su expresión de miedo. Pronto tendría la tormenta encima. Pronto estaría reviviendo aquel terrible momento en el jardín cuando el rayo alcanzó el roble y ella pensó que se convertiría en la siguiente víctima de la tormenta.

Miró hacia la cama. Aunque echara las cortinas seguiría viendo la tormenta. Un nuevo trueno la llevó a buscar la seguridad que necesitaba corriendo hacia el vestidor de Caesar. Abrió la puerta y entró.

Allí dentro habría estado completamente a oscuras si no fuera por la luz de la puerta abierta, que mostraba el camino hacia el sofá en el que Caesar dormía. El vestidor, igual que el salón, olía a su colonia y a él.

Cerró la puerta y se dirigió hacia el sofá en la oscuridad con piernas temblorosas. El sonido de otro trueno, esta vez encima de su cabeza, la detuvo en seco. Se encogió como una pelota asustada cuando cesó el ruido, liberándola de su terrible prisión.

Caesar maldijo entre dientes. Ni siquiera los poderosos limpiaparabrisas de su coche eran capaces de apartar tanta lluvia.

Los relámpagos iluminaron la oscura silueta del *castello* cuando Caesar detuvo el coche en la entrada.

Encontró al ama de llaves en el vestíbulo y le pidió que diera instrucciones al servicio para que fueran a buscar el generador eléctrico y encendieran velas.

–¿Dónde está mi esposa? –preguntó.

–En su suite, excelencia. Dijo que quería descansar y que no la molestaran.

Porque no quería que nadie fuera testigo de su miedo, pensó Caesar subiendo las escaleras de dos en dos. Sentía como si alguien le estuviera estrujando el corazón con fuerza al pensar en lo que debió de ser para aquella niña asustada recibir un castigo por tener miedo a una tormenta.

Ojalá hubiera sabido años atrás lo que ahora sabía de ella. Ojalá hubiera tenido la sabiduría de ver más allá de lo obvio.

Cuando corrió por la galería de retratos, los relámpagos estaban cayendo justo detrás del *castello*. Y el ruido de los truenos resultaba ensordecedor. La tormenta estaría muy pronto encima de ellos.

Llegó a la suite. Abrió la puerta maldiciéndose a sí mismo por haber llevado una linterna consigo mientras avanzaba desde el salón al dormitorio ajustando los ojos a la oscuridad. El corazón se le detuvo al ver la cama vacía y sin tocar.

¿Dónde estaba? Oliver había dicho que buscaba lugares oscuros y cerrados.

Se dirigió hacia el vestidor de Louise. Quedó al descubierto que estaba vacío cuando volvió la luz gracias al generador. El baño también estaba vacío.

Caesar sintió un nudo de miedo en la garganta. Si necesitaba una prueba más de lo que sentía por ella, de lo mucho que la amaba, lo demostraba todo lo que estaba sintiendo desde que Oliver le contó que tenía miedo a las tormentas. Lo único que quería era encontrarla y decirle que estaba a salvo, que la protegería y la amaría durante el resto de su vida.

Pero antes tenía que encontrarla.

Regresó al dormitorio y se detuvo en seco al ver el hilo de luz que salía por debajo de la puerta de su propio vestidor. ¿Su vestidor? Sin duda sería el último lugar en el que iría a buscar refugio, del mismo modo que él sería la última persona hacia la que se giraría. Pero estaba seguro de que no había dejado la luz encendida. Una pequeña esperanza se hizo paso en su interior.

Abrió la puerta.

Louise estaba hecha un ovillo en el sofá cubierta con una de sus chaquetas de modo que solo se le veían las piernas y unos cuantos mechones de cabello rubio que asomaban por fuera.

Una profunda sensación casi insoportable de amor y humildad se apoderó de él.

Se acercó a su lado, se arrodilló y le puso la mano en el tenso cuerpo mientras susurraba con dulzura su nombre.

Los truenos seguían ahora muy de cerca a los relámpagos. Podía escucharlos por encima de ellos en aquella estancia protegida y sin ventanas. Solo faltaban unos segundos para que la tormenta estuviera justo encima de ellos. No había podido resistirse a la tentación de sacar una de las chaquetas de Caesar y envolverse en ella. El confort de su aroma y su calor habían conjurado la aparición de su voz, aunque sabía que eso era imposible. Seguramente estaba perdiendo la cabeza. Caesar no estaba allí. Pero ella quería que estuviera. Lo deseaba más que nada en el mundo. Los ojos se le llenaron de lágrimas.

La repentina explosión de relámpagos que iluminaban la habitación que se veía al otro lado de la puerta que Caesar había abierto borró cualquier otro pensamiento de su cabeza. Soltó un grito de terror y él se sentó a su lado en el sofá, estrechando entre los brazos su tembloroso cuerpo.

La sintió tremendamente frágil. Experimentó una emoción tan poderosa que tuvo que inclinar la cabeza para contener las lágrimas que le humedecían los ojos. ¿Cómo podía haberse permitido a sí mismo pensar que Louise no le importaba? ¿Cómo había podido darle alguna vez la espalda y condenarla públicamente? Las manos le temblaban mientras la abrazaba con la fuerza y el poder de sus remordimientos.

Una nueva batería de truenos la llevó a estrecharse todavía más contra él mientras gemía de terror.

—No pasa nada, Louis. No pasa nada. Todo va a salir bien.

Caesar. Estaba allí. Y había visto su histeria y su debilidad. Había presenciado lo que ella prometió que nadie más vería nunca.

Soltó un suspiro de desesperación y trató de apartarse de él, pero Caesar se negó a soltarla. Al contrario, la abrazó tan fuerte que le apretó el rostro contra el cuello. Tenía los labios sobre la piel desnuda. Lo más fácil del mundo sería besar aquella columna cálida y querida.

Tembló violentamente entre sus brazos, pero no por la tormenta, que ya empezaba a alejarse, sino por una amenaza mayor para su seguridad emocional.

Caesar. Allí. Abrazándola. Manteniéndola cerca de

él, susurrándole palabras que sugerían que sentía algo por ella. Pero eso era imposible. Solo le importaba por Oliver.

Su hijo. El miedo y la culpa tensaron su cuerpo al instante.

—¿Por qué has vuelto? ¿Dónde está Oliver? —preguntó angustiada.

—Seguramente ya en Roma —respondió él—. Y respecto a por qué he vuelto... —le puso una mano en la barbilla para obligarle a levantar la cara—. He vuelto porque Oliver estaba muy preocupado por ti cuando vio la tormenta que se estaba formando en las montañas.

Louise contuvo el aliento, pero él siguió hablando.

—No te enfades con él. Le obligué a contarme por qué te afectan tanto las tormentas —Caesar sintió cómo trataba de apartarse de él—. No, no te escondas de mí. Soy yo quien debería estar avergonzado, no tú. Tu padre hizo algo muy cruel, pero a mi manera yo también he sido muy cruel contigo. En lugar de escuchar mis auténticos sentimientos todos aquellos años atrás, cuando nos conocimos, permití que el orgullo y la arrogancia manejaran mis acciones. Por culpa de eso te perdí, un castigo merecido. Y tú sufriste. Nunca me lo perdonaré.

—No quiero hablar de eso —aseguró Louise con firmeza.

Estaba profundizando demasiado en lugares demasiado descarnados, revelando emociones que ella sabía que podían traicionarla con suma facilidad.

—Debemos hacerlo si queremos plantar nuevos cimientos para un futuro juntos lleno de amor.

¿Amor?

Louise abrió los ojos de par en par mientras él seguía hablando.

—Y eso es lo que ambos queremos, ¿verdad? Un futuro basado en el amor.

Estaba atrapada. Se le notaba mucho el amor que sentía hacia él y Caesar sentía compasión por ella. No podía haber otra explicación. Tenía que defenderse. Hacerle entender que a pesar de que le amara seguía teniendo su orgullo, seguía queriendo que Oliver creciera pensando que las mujeres podían hacerse fuertes y poderosas a través de sus emociones en lugar de ser sus prisioneras.

—Solo porque te ame no significa que... —comenzó a decir con voz temblorosa.

Pero antes de que pudiera seguir hablando, Caesar la interrumpió con tono emocionado.

—¿Me amas? No me atrevía a pensar que... no tengo derecho... oh, amor mío. Mi dulce y maravilloso amor...

¿Qué estaba pasando? Tenía la cabeza hecha un lío y el corazón le latía con una mezcla de alegría, esperanza y miedo. Entonces Caesar empezó a besarla con dulzura, con los besos tiernos que ella esperaba cuando era joven.

Sin duda estaba soñando. No había otra explicación.

—¿Caesar? —susurró con incertidumbre bajo sus labios.

Él sintió al instante la confusión y las dudas de Louise y dejó de besarla. Pero no pudo apartarla de sí, la mantuvo entre sus brazos.

—Hay muchas cosas que quiero decirte —le confesó—. Quiero pedirte perdón por muchas cosas, y espero que tengamos una vida muy larga juntos para que pueda disculparme y demostrarte cuánto te amo. Cuánto te he amado desde el principio.

Louise trató de zafarse de entre sus labios, pero Caesar no se lo permitió. Sus brazos la sostenían con ternura.

—Sí, sé lo que debes estar pensando. Hace años me comporté con suma crueldad contigo. Esa crueldad nació de la arrogancia. Me comporté como un cobarde, como un hombre incapaz de enfrentarse a la verdad porque no cuadraba con el dibujo que había trazado para sí mismo. De todas las ofensas que te he hecho, negarme a reconocer que me estaba enamorando de ti ha sido la peor. Pero sí me estaba enamorando, Louise. Había algo en ti que dinamitaba todo lo que pensaba sobre mí mismo y sobre la vida que había planeado para mí. No eras...

–No era la clase de chica a la que querías desear –le ayudó ella.

Caesar suspiró.

–Sí. Y por eso quise hacer mía la opinión que los demás tenían de ti. Fui un cobarde una vez más porque escogí el camino fácil. Su opinión hacía que resultara más fácil para mí negar lo que de verdad sentía. Me entregaste tu ser y tu amor y yo te rechacé pública y cruelmente porque eso era lo que los demás esperaban de mí. Nunca me perdonaré a mí mismo por ello.

Louise percibió la sinceridad en su tono de voz.

–No te culpo por lo que hiciste, Caesar –le dijo, sorprendida al darse cuenta de que era verdad–. Después de todo, yo tampoco fui sincera contigo. Al principio tenía pensado utilizarte para conseguir el amor de mi padre. Hasta más tarde no supe que...

Al ver que no terminaba la frase, Caesar dijo:

–¿Que te habías enamorado de mí?

Louise apartó la mirada. Incluso ahora, sabiendo que Caesar conocía la verdad, le resultaba difícil pronunciar las palabras que la dejarían expuesta y vulnerable.

–Louise, por favor, mírame –Caesar le giró la cabeza hacia la suya.

Ella contuvo el aliento al ver el dolor y el anhelo tan claramente reflejados en sus ojos. ¿Tanto le importaba?

Antes de que pudiera perder el valor, respondió rápidamente:

–Sí. Más tarde me di cuenta de que me había ena-morado de ti.

–Y yo destruí aquel amor, el don más preciado que se puede tener. No creas que no sufrí por ello. En mis sueños y en mis más profundos pensamientos siempre estabas tú. Tu recuerdo me atormentaba. Y hoy supe que tenía que estar aquí contigo.

–¿Has vuelto por mí? ¿Me has puesto por delante de lo demás? –preguntó con la voz rota por la emoción.

–Sí. Es algo que tendría que haber hecho hace mu-cho tiempo.

–Me dolió mucho que me rechazaras.

–Lo sé. Fue algo imperdonable. Y más porque lo único que quería rechazar y negar era el modo en que me hacías sentir.

Louise le miró.

–Te deseaba muchísimo, Louise. Demasiado. Me re-belé contra aquel deseo y contra ti por ser la causante. Iba contra todo lo que yo creía que implicaba ser un Falconari. Era joven y arrogante. Deseo más que nada en el mundo que me des una segunda oportunidad para demostrarte lo fuerte que es el amor que siento por ti. Una segunda oportunidad para ser digno de tu amor.

–Oh, Caesar...

Todo lo que sentía por él quedaba contenido en aquellas dos palabras. Era una manera simple de reco-nocer su amor.

–La tormenta ha pasado –le dijo Caesar mirando ha-cia el dormitorio–. Ven a ver –la tomó de la mano y la sacó del vestidor.

Fuera estaba empezando a oscurecer, pero todavía era posible ver el cielo azul. La luna había salido para iluminar las montañas.

Caesar se giró hacia ella, inclinó la cabeza para be-sarla y la tomó en brazos para llevarla a la cama.

–Una tormenta ha pasado, pero ahora llega otra. Creo que nos está poseyendo a ambos con igual fuerza. ¿Podrás confiar en mí?

¿Podría? ¿Confiaba en sí misma para asumir semejante riesgo después de todo lo que había pasado?

Solo había una manera de averiguarlo. Louise le miró y asintió con la cabeza.

–Sí –susurró con fervor–. Sí, Caesar. Sí. Confío.

Sabía lo que Caesar le estaba pidiendo. También sabía que había entendido su respuesta. Cuando la estrechó entre sus brazos y empezó a besarla, despacio primero y con creciente pasión después, ella respondió con su propia pasión que llevaba tanto tiempo encerrada.

Louise podía sentir su poder y su peligrosidad. Pero como si supiera lo que estaba pensando, Caesar la abrazó con más fuerza y le susurró al oído:

–No pasa nada. No pasa nada. Te amo y nunca volveré a fallarte. Tú agárrate a mí, Louise, y yo te mantendré a salvo.

¿A salvo? ¿Cómo iba a estar a salvo si sentía que se abandonaba completamente a él?

–Te deseo mucho –no pudo decir nada más pero no hizo falta.

Caesar le estaba quitando la ropa y cubriéndola de besos, haciéndola estremecerse de pies a cabeza.

Louise sacó valor de alguna parte y empezó a desnudarle a él a su vez con dedos temblorosos, explorando su cuerpo con las manos y con la boca. Creía que ya estaba increíblemente duro y excitado, pero su erección aumentó de forma espectacular con sus caricias.

Había llegado el momento de cruzar el último abismo que separaba la oscuridad del pasado del presente y el futuro que deseaban.

–Te amo, Caesar –le dijo.

Y contuvo el aliento cuando él la besó con tal pasión

que supo sin necesidad de que le dijera nada lo mucho que sus palabras habían significado para él.

Ahora, en su fervor, Caesar le estaba dejando ver su propia vulnerabilidad, su propio deseo. Su expresión cuando miró su cuerpo hizo que ella se estremeciera y los senos se le transformaran en dos redondas esferas de sensualidad. Cuando se introdujo en la boca uno de sus pezones, Louise se arqueó contra él salvajemente, alimentando el placer de Caesar y dejando atrás sus últimos intentos de autocontrol.

¿Cuántas veces había soñado e imaginado en secreto tenerla así? Y por fin estaba allí, era suya y estaba llena de amor hacia él.

Cuando le abrió las piernas, Louise le miró con los ojos llenos de emoción. Tenía el sexo henchido y mojado. La lenta y erótica caricia de sus dedos la llevó a contener el aliento y estremecerse de placer.

–Caesar...

Louise no podía seguir soportándolo más. Lo atrajo hacia sí temblando de emoción y le enredó las piernas alrededor del cuerpo gimiendo en voz alta. Caesar tampoco podía esperar más. Ya la conocía, y deslizarse en ella era como volver a casa, a un hogar dulce y anhelado.

Se movieron juntos, en silencio al principio y con crecientes gritos de placer después mientras se abandonaban el uno en el otro en un viaje hacia el lugar donde eran un todo perfecto durante unos segundos.

Más tarde, envuelta en los protectores brazos de Caesar, Louise le habló libremente del amor que sentía por él.

–No te merezco –susurró Caesar emocionado–. Pero voy a esforzarme. Te lo prometo. Mi mayor dolor, aparte del daño que te causé, es que no podré darte más hijos –su voz quedó acallada al hundir el rostro en su pelo.

–Me has dado a Oliver y me has dado tu amor. No podría desear nada más –aseguró Louise con sinceridad.

–Me pregunto si no habrá algo que dirija nuestras vidas –murmuró Caesar–. Puede ser el destino, o llámalo como quieras. Y ese algo se aseguró de que Oliver fuera concebido para que pudiéramos tener una segunda oportunidad y reencontrarnos. Tú eres mi amor y siempre lo serás.

–Igual que tú eres el mío y siempre lo serás –aseguró ella.

Se intercambiaron un tierno beso, y el repentino rayo de luna sobre el sensual torso masculino y la invitadora curva de un seno femenino despertaron de nuevo su mutuo deseo y volvieron a buscarse el uno al otro susurrándose bellas palabras de amor, conscientes de que el pasado había quedado por fin atrás.

Epílogo

Dieciocho meses después

—Mira a Caesar y a Oliver enseñándole a todo el mundo a Francesca. Creo que no he visto nunca a un par de machos tan orgullosos —Anna Maria se rio al lado de Louise mientras ambas observaban a padre e hijo presentándole a la niña de cuatro meses a los invitados a su bautizo.

Su milagro especial, como la había descrito Caesar emocionado cuando miraron juntos la ecografía y recibieron la noticia de que, contra todo pronóstico, Louise estaba embarazada. Aunque un reciente chequeo había revelado que las posibilidades de Caesar de concebir eran extremadamente bajas pero no imposibles, ninguno de los dos se lo esperaba.

—A veces sucede aunque haya muy pocas probabilidades —le explicó el médico—. No existen pruebas científicas que demuestren la razón de por qué sucede. Os sugiero que os lo toméis sencillamente como un regalo de la casualidad.

—Tú eres quien lo ha hecho posible —le había dicho Caesar a Louise con la voz rota por la emoción cuando estuvieron solos—. Tú con tu amor y con todo lo que eres.

—Por supuesto que tendré que cuidar de ella cuando crezca, eso es lo que se hace cuando tienes una hermana, ¿verdad, papá?

Louise escuchó cómo Oliver presumía de Francesca cuando se la devolvía a Caesar.

–Claro que sí –confirmó Caesar alborotándole el pelo antes de que los dos niños se fueran con Anna Maria para buscar a los otros niños.

El salón principal del *castello* estaba lleno de invitados, pero cuando Louise tomó en brazos a su hija sintió como si estuvieran solos y experimentó aquella conexión especial que habían compartido cuando nació su segunda hija.

Pensó en su madre, a la que había invitado al bautizo. En respuesta recibió un vago correo electrónico lleno de promesas de una visita que seguramente nunca tendría lugar. Sin embargo, su madre había mencionado que le enviaría un regalo a Francesca y le mandaba sus mejores deseos para el futuro. Louise fue capaz de sentir más compasión que antes por aquella mujer que nunca quiso ser madre.

–Tu padre está aquí.

Las palabras de Caesar la arrancaron de sus pensamientos y sintió que el corazón le latía con fuerza contra el pecho. Cuando su padre le escribió justo antes del nacimiento de Francesca para decirle que su matrimonio con Francesca había terminado porque le había dejado por un hombre más joven, Louise no quiso saber nada. Fue Caesar quien le aconsejó que tal vez hubiera llegado la hora de dejar los fantasmas del pasado atrás.

–Es el abuelo de Oliver y es tu padre, Louise. Y leyendo entre líneas en la carta se ve que se siente muy solo.

Ella podría haber argumentado que a su padre nunca le importó dejarla sola a ella, pero ahora que se sentía envuelta en el amor de Caesar y en la felicidad de su vida familiar, su infancia miserable parecía pertenecer a una vida ajena a la suya.

Alentada por Caesar, le escribió a su padre ofreciéndole su simpatía. Continuaron escribiéndose durante las siguientes semanas y meses, aunque de un modo cauto. Cuando se lo preguntó, su padre se vio obligado a confesar que le había ocultado la carta de Caesar. Luego le suplicó que le dejara ver a su nieto y a su yerno, recordándole que ahora eran la única familia que tenía. Louise no quería acceder, pero sin saber cómo se vio invitándole al bautizo de Francesca y a una estancia de unos días en el *castello*.

Pero hasta el momento no había hablado realmente con él. Después de todo, tenía la excusa del bautizo. Pero ahora que la estaba mirando desde el otro lado de la sala vio a un hombre roto en muchos sentidos por la humillación a la que le había sometido su esposa y se apiadó de él. Sin planearlo se vio avanzando hacia él llevando a Francesca y supo sin mirar que Caesar estaría observando sus progresos de un modo protector. Cuando llegó al lado de su padre le miró a la cara. Estaba más delgado y tenía más arrugas. Era un hombre que no había conseguido lo que quería en la vida. Sintió lástima por él. Qué triste debía de ser estar solo a su edad y depender emocionalmente del cariño de la hija que siempre había rechazado.

—Hola, papá —le dijo con voz temblorosa.

—Creo que no quieres que esté aquí —comenzó a decir.

Louise sacudió la cabeza, consciente de pronto de lo que debía hacer cuando vio a Oliver mirándoles desde el otro lado de la habitación. Las relaciones familiares no siempre eran fáciles, pero sin duda valía la pena trabajar en ellas.

—¿En qué otro sitio ibas a estar? Después de todo, somos tu familia. Y hablando de familias, ¿por qué no saludas al nuevo miembro?

Durante un instante pensó que su padre iba a darle la espalda, pero entonces vio que tenía los ojos llenos de lágrimas.

—No pasa nada, papá —le dijo con dulzura—. Todo va a salir bien.

Caesar tomó a Francesca de brazos de Louise y se la tendió a su suegro diciéndole con orgullo:

—Se parece a Louise, gracias a Dios.

—Era el bebé más bonito el mundo, te lo aseguro —dijo su padre con tono algo ronco.

Louise pensó que estaba reescribiendo el pasado, pero no tuvo valor para retarle. Después de todo, ahora le había entregado su amor y su corazón a un hombre que los valoraba. Un hombre en quien siempre podría confiar. Un hombre que la amaba de verdad.

Bianca

Él solo veía una salida:
legitimar a ese hijo casándose con ella

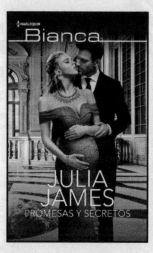

PROMESAS
Y SECRETOS

Julia James

Eloise Dean se había dejado conquistar por el carismático magnate italiano Vito Viscari desde el primer día. Y, desde ese día, en su cama, había disfrutado de un placer inimaginable. Ella creía haber encontrado al hombre de su vida, pero no sabía que Vito nunca podría ser suyo.

El sentido del deber, y la promesa que había hecho a su padre moribundo, obligó a Vito a romper con Eloise, pero no era capaz de olvidarla.

Meses después, su obsesión por ella lo empujó a buscarla para volver a tenerla entre sus brazos. Solo entonces descubriría la sorprendente verdad: Eloise estaba esperando un hijo suyo…

DESEO

*¿Qué haría falta para convencerla
de que lo suyo era para siempre?*

Doble seducción
SARAH M.
ANDERSON

Sofía Bingham, viuda y madre de dos hijos pequeños, necesitaba un trabajo y lo necesitaba de inmediato para dar de comer a sus hijos.

Trabajar para el magnate inmobiliario Eric Jenner era la solución perfecta, pero su amigo de la infancia había crecido... y era irresistiblemente tentador. Claro que una inolvidable noche de pasión no le haría mal a nadie. Y, después de eso, todo volvería a ser como antes.

Pero Eric no estaba de acuerdo en interrumpir tan ardiente romance...

Bianca

FALSAS RELACIONES

Melanie Milburne

Abby Hart, una conocida columnista londinense cuyos artículos versaban sobre las relaciones amorosas, ocultaba un gran secreto que no podía revelar a nadie: su prometido, el hombre perfecto, era ficticio y, además, ella era virgen. Cuando la invitaron a una famosa fiesta con fines benéficos, a la que debía ir acompañada de su prometido, no tuvo más remedio que pedir ayuda a Luke Shelverton.

Después de la trágica muerte de su novia, Luke se negó a hacerse pasar por el prometido de Abby. Al final, para evitar que la reputación de ella sufriera un daño irreparable, aceptó hacerse pasar por su novio. Pero la inocencia y fogosidad de Abby le hicieron sucumbir a sus encantos…